As aventuras de
Simbad, o Marujo

As aventuras de Simbad, o Marujo

Tradução de ALESSANDRO ZIR

www.lpm.com.br
L&PM POCKET

Coleção **L&PM** POCKET, vol. 238

Texto de acordo com a nova ortografia.

Primeira edição na Coleção **L&PM** POCKET: julho de 2001

Tradução: Alessandro Zir
Preparação de original: Jó Saldanha
Capa: Ivan Pinheiro Machado sobre obra de Arthur Von Ferraris, *Bazar no Cairo* (1890).
Revisão: Renato Deitos

ISBN 978-85-254-1108-2

A951   As aventuras de Simbad, o marujo; texto extraído de
        As mil e uma noites; tradução de Alessandro Zir. –
       Porto Alegre: L&PM, 2001.
          96 p. ; 18 cm – (Coleção L&PM POCKET)

         1. Ficção árabe-aventuras. I. Série

                       CDD 892.7387
                       CDU 892.7-311.3

Catalogação elaborada por Izabel A. Merlo, CRB 10/329.

© da tradução, L&PM Editores, 2001

Todos os direitos desta edição reservados a L&PM Editores
Rua Comendador Coruja, 314, loja 9 – Floresta – 90.220-180
Porto Alegre – RS – Brasil / Fone: 51.3225.5777 – Fax: 51.3221.5380

Pedidos & Depto. Comercial: vendas@lpm.com.br
Fale conosco: info@lpm.com.br
www.lpm.com.br

Impresso no Brasil

Introdução

Os príncipes Shariar e Shazenã herdaram os reinos da Índia e da Grã-Tartária. Poderosos, sábios e virtuosos ambos tiveram também em comum a imensa tragédia da infidelidade das suas esposas. Primeiro foi Shazenã, cuja esposa – na sua ausência – entrega-se a um humilde servo. Depois foi o grande Shariar, que surpreendeu a sultana traindo-o com um escravo do palácio. Desesperado, humilhado, Shariar manda matar a mulher e pede ao seu vizir – uma espécie de ministro do rei – que comunique à população sua terrível sentença: todas as noites ele deitará com uma donzela do reino e, quando esta amanhecer mulher, será morta.

E todo o dia uma jovem era decapitada na terrível vingança do sultão. Até que Sherazade, a própria filha do vizir, oferece-se – para desespero do pai – para ser a próxima esposa de Shariar. Sherazade tem um plano para salvar as virgens do reino. A contragosto o pai cede, Sherazade é entregue ao sultão e cumpre o ritual nupcial. Mas antes do amanhecer, ela começa a contar histórias e lendas que fascinam o sultão. Ao amanhecer, a história está pela metade e o sultão – ansioso para saber o final – concede a ela mais um dia de vida. Ao terminar a história, Sherazade imediatamente emenda em outra e assim sucessivamente por 1001 noites, até que o sultão, fascinado com as lendas, contos e aventuras contadas pela bela Sherazade, levanta a terrível sentença e a torna sua sultana.

As aventuras de
Simbad, o Marujo

A HISTÓRIA DE SIMBAD, O MARUJO

Senhor[1], em Bagdá, durante o reinado desse mesmo califa Haroun al-Rachid, de quem acabo de falar, havia um pobre carregador chamado Himbad. Certo dia, quando fazia um calor excessivo, ele levava um fardo bastante pesado através de toda a cidade. Estando muito fatigado da caminhada ainda por terminar, chegou a uma rua onde soprava uma brisa suave e agradável e cuja calçada estava molhada de água de rosas. Não podendo desejar um lugar mais favorável para descansar e recuperar as forças, ele depôs o fardo que trazia ao chão e sentou-se na frente de uma mansão suntuosa.

Himbad ficou logo muito contente de ter parado naquele local: das janelas da casa saía um agradável

---
1. Refere-se ao rei Shariar. (N.T.)

e refrescante perfume de aloés e outras essências delicadas, que embalsamava o ar junto com o aroma da água de rosas recém-derramada. Ele começou a ouvir também um concerto de diversos instrumentos, acompanhado do canto harmonioso de rouxinóis e de outros pássaros típicos de Bagdá. Essa graciosa melodia e o cheiro de vários tipos de iguarias revelavam que ali acontecia uma festa. Ele quis então saber quem seria o dono daquela casa, desconhecida para ele, já que não tivera oportunidade de passar muitas vezes por aquela rua.

A fim de satisfazer sua curiosidade, Himbad se aproximou de alguns empregados, magnificamente vestidos, que estavam perto da porta. Ao perguntar a um deles como se chamava o proprietário do lugar, recebeu a seguinte resposta:

– Como? O senhor é de Bagdá e não sabe que esta é a casa do marujo, do famoso viajante que percorreu todos os mares que o sol ilumina, do senhor Simbad?

O carregador, que já ouvira falar das riquezas de Simbad, não pôde deixar de sentir inveja diante de um homem de tamanha felicidade, sentindo-se deplorável. Com o ânimo azedado por essas reflexões, levantou os olhos para o céu e disse num tom alto o suficiente para ser ouvido:

– Poderoso criador de todas as coisas, considerai a diferença existente entre Simbad e eu. Sofro todos os dias mil penas e mil perigos, tenho dificuldade para alimentar a mim e a minha família com velho pão de cevada, enquanto que o feliz Simbad desperdiça com profusão imensas riquezas e leva uma vida cheia de delícias. Que fez ele para obter de vós um destino assim tão agradável? Que fiz eu para merecer um tão rigoroso?

Acabando de falar, Himbad bateu com força o pé contra o chão, como um homem totalmente possuído de dor e desespero.

Ele ainda se ocupava com estes tristes pensamentos, quando viu sair da casa um criado que o pegou pelo braço e disse:

– Venha, siga-me. O senhor Simbad, meu mestre, quer lhe falar.

O dia que surgia nesse momento impediu Sherazade de continuar a história, mas ela assim a retomou na noite seguinte:

LXX Noite

Senhor, Vossa Majestade pode facilmente imaginar a surpresa de Himbad ao ser abordado pelo criado. Por causa do discurso que acabara de fazer, ele temia que Simbad o tivesse mandado chamar para castigá-lo. Assim, deu a desculpa de que não podia abandonar no meio da rua seu fardo. Mas o criado de Simbad garantiu que cuidariam dele e o pressionou de tal forma, em função da ordem recebida, que o carregador foi obrigado a render-se às suas insistências.

O criado conduziu-o até uma sala ampla, onde se encontrava um grande número de pessoas ao redor de uma mesa coberta de todos os tipos de acepipes delicados. Via-se no lugar de honra um homem sério, bonito e venerável pela sua longa barba branca. Atrás dele, uma multidão de criados esperavam em pé, prontos para lhe servir. Esse homem era Simbad. O carregador, cuja inquietação aumentara diante de tanta gente e de um festim tão soberbo, saudou a todos tremendo. Simbad disse a ele que se aproximasse e, depois de tê-lo feito sentar-se à sua direita, serviu-o de comida e mandou que lhe dessem de beber um vinho excelente, que havia na mesa em quantidade.

Ao final da refeição, Simbad, vendo que seus convidados não estavam mais comendo, tomou a palavra. Dirigiu-se a Himbad, tratando-o de irmão, conforme o costume dos árabes quando têm intimidade, e perguntou-lhe como se chamava e qual era sua profissão.

– Senhor, eu me chamo Himbad – respondeu o carregador.

– Estou muito alegre em ver-te – retomou a palavra Simbad – e afirmo que todos aqui também sentem igual prazer. Mas gostaria de ouvir de ti mesmo aquilo que disseste quando estavas sentado na rua.

Antes de ir para a mesa, Simbad havia escutado todo o discurso de Himbad, através de uma janela, e por isso mandara chamá-lo.

Diante da pergunta, Himbad, cheio de confusão, baixou a cabeça e respondeu:

– Senhor, confesso que o cansaço me fez ficar de mau humor, por isso escaparam-me algumas palavras indiscretas, pelas quais suplico seu perdão.

– Não creia – disse Simbad – que eu seja bastante injusto para guardar ressentimento. Compreendi tua situação. Em vez de reprovar teus murmúrios, digo que me inspiram amizade. Mas estás enganado em algo a meu respeito que devo esclarecer. Imaginas, sem dúvida, que adquiri sem sofrimento e sem trabalho todas as comodidades e a tranquilidade das quais usufruo. Não tenhas mais ilusão sobre isso. Só cheguei a um estado tão afortunado depois de haver vencido, durante muitos anos, todos os desafios que a imaginação pode conceber. Sim, meus senhores – disse ele, dirigindo-se a todos presentes –, posso lhes assegurar que esses desafios são tão extraordinários que dissipariam, nos homens mais ávidos de riquezas, a ânsia fatal de atravessar os mares para as adquirir. Não devem ter ouvido falar senão de uma maneira confusa a respeito de minhas estranhas aventuras e dos perigos que corri no mar, durante as sete viagens que fiz. Como a situação é propícia, vou lhes fazer uma narração fiel delas: acho que não ficarão agastados de ouvi-la.

Como Simbad queria contar sua história particularmente por causa do carregador, antes de começá-la, ordenou que se levasse o fardo deixado na rua ao local em que Himbad desejasse que ele fosse entregue. Depois disso, ele assim falou:

Primeira viagem de Simbad, o marujo

— Herdei de minha família bens consideráveis, a maior parte dos quais desperdicei nos debochas da juventude. Mas renasci da minha própria cegueira e, recolhendo-me em mim mesmo, reconheci que riquezas são perecíveis e que cedo se pode ver o seu fim quando as manejamos tão mal quanto eu fiz. Pensei, além disso, que consumia desgraçadamente, numa vida desregrada, o tempo, que é a coisa mais preciosa do mundo. Considerei ainda que seria a derradeira e a mais deplorável de todas as misérias ser pobre na velhice. Lembrei-me das palavras do grande Salomão, que ouvi em outra época meu pai dizer: 'É menos triste estar no túmulo do que na indigência'.

"Revigorado por essas reflexões, juntei o que restava do meu patrimônio. Vendi em leilão, no mercado público, todos os meus móveis. Em seguida, fiz contato com mercadores que negociavam através dos mares. Consultei aqueles que me pareciam capazes de dar bons conselhos. Enfim, resolvi fazer multiplicar o pouco de dinheiro salvo e, desde que tomei essa resolução, não tardei em executá-la. Fui até Bassora[2] e embarquei com vários mercadores num navio que equipamos conjuntamente.

"Nós partimos e tomamos a rota da Índia Oriental, através do golfo Pérsico, que é formado pelas costas da Arábia à direita e da Pérsia à esquerda, e cuja largura maior é de setenta léguas, conforme afirmam. Fora do golfo, o mar do Oriente, o mesmo que o da Índia, é bastante extenso: de um lado é limitado pela costa da Abissínia e se estende por quatro mil e quinhentas léguas até as ilhas de Vakvak[3]. Inicialmente, a viagem me deixou enjoado, mas minha saúde se restabeleceu logo, e depois disso nunca mais me senti mal.

"No decorrer da nossa expedição, desembarcamos em inúmeras ilhas e nelas vendemos ou trocamos mercadorias. Um dia em que estávamos navegando, o mar calmo nos colocou frente a frente com uma pequena ilha, tão verde como uma campina, quase no nível da água. O capitão fez baixar as velas e permitiu que desembarcassem aqueles que quisessem. Eu estava entre os que desceram. Nos divertíamos bebendo e comendo e descansávamos das fadigas do mar, quando, de repente, a ilha tremeu, sacudindo-nos rudemente..."

Com essas palavras, Sherazade se interrompeu, porque o dia começava a aparecer. Na noite seguinte, ela assim retomou a narrativa:

---

2. Porto marítimo do golfo Pérsico. (N.T.)

3. Estas ilhas, segundo os árabes, estão depois da China e seu nome vem do fruto de uma árvore nativa. São, sem dúvida, as ilhas do Japão, que não são, no entanto, tão distantes da Abissínia. (N.T.)

LXXI Noite

E Simbad, dando continuidade a sua história, disse:

— No navio, perceberam o estremecimento da ilha e gritaram para reembarcarmos depressa, ou iríamos todos morrer. O que parecia ser uma ilha era o dorso de uma baleia. Os mais rápidos se salvaram através do bote, outros se lançaram a nado. Quanto a mim, estava ainda na ilha, ou melhor, na baleia, quando ela mergulhou no mar. Não tive tempo senão de agarrar-me num pedaço de madeira que tínhamos levado para fazer fogo. Enquanto isso, o capitão, depois de receber a bordo as pessoas que estavam no bote e recolher alguns dos que iam a nado, quis aproveitar o surgimento de uma brisa favorável. Fez levantarem as velas e dessa forma me tirou a possibilidade de alcançar a embarcação.

"Fiquei à mercê das ondas, jogado de um lado para o outro. Disputei com elas minha vida durante o dia e a noite seguintes. Já não tinha mais forças nem esperança de evitar a morte, quando uma vaga felizmente me lançou contra uma ilha. Só consegui escalar sua costa alta e escarpada me agarrando a raízes de árvores preservadas lá pela sorte. Me estendi no chão, quase morto, até que amanheceu.

"Como estava muito fraco, por causa de todo o esforço, e porque havia um dia não comia, tive de me arrastar procurando ervas como alimento. Encontrei algumas e tive a felicidade de achar uma fonte excelente de água, que ajudou no meu restabelecimento. Com as forças recuperadas, avancei pela ilha sem rumo, indo parar numa pradaria, onde vi ao longe uma égua pastando. Fui até ela, ao mesmo tempo alegre e temeroso, pois poderia estar buscando antes o perigo do que algo seguro. Chegando próximo, notei que estava amarrada a uma estaca. Fiquei impressionado por sua beleza, mas, enquanto a observava, ouvi a voz de um homem vinda da entrada de uma gruta. Ele dirigiu-se até onde eu estava e perguntou quem eu era. Contei a ele minha aventura e ele me levou pela mão até dentro da gruta. Lá havia mais pessoas, que se espantaram comigo tanto quanto me espantei com elas.

"Comi alguma coisa que me ofereceram. Depois, tendo perguntado o que faziam num lugar tão deserto, responderam que eram cavalariços do rei Mihrage[4], soberano daquela ilha. A cada ano, na mesma época, eles costumavam levar até ali as éguas do rei, prendendo-as da maneira como eu havia visto, para serem cobertas por um cavalo marinho que então aparecia na ilha. Depois de as cobrir, o cavalo marinho tentava devorá-las, mas era impedido pelos gritos dos cavalariços que o obrigavam a voltar para o mar. Estando as éguas prenhas, eles as conduziam de volta. Os cavalos que delas nasciam eram destinados ao rei. Acrescentaram que deveriam partir na manhã seguinte. Caso eu tivesse chegado

---

4. Antigo rei que governava uma ilha do mesmo nome, na Índia, muito conhecido entre os árabes pelo seu poder e sabedoria. (N.T.)

um dia mais tarde, certamente teria perecido, porque as habitações eram bem afastadas e seria impossível chegar até elas sem um guia.

"Enquanto contavam essas coisas, o cavalo marinho surgiu na pradaria, como eles haviam dito: se lançou sobre a égua e, depois de cobri-la, tentou devorá-la. Por causa do grande barulho que fizeram os cavalariços, ele abandonou sua presa e partiu de volta para o mar.

"No outro dia, eles tomaram o caminho da capital da ilha levando as éguas, e eu os acompanhei. Quando chegamos, o rei Mihrage, a quem fui apresentado, perguntou quem eu era e por conta de qual aventura eu me encontrava em seu país. Satisfeita plenamente sua curiosidade, ele ordenou que tomassem conta de mim e me fornecessem tudo o que eu julgasse necessário. Suas ordens foram executadas de tal maneira que pude louvar sua generosidade e a eficiência de seus oficiais.

"Convivi com outros mercadores e busquei me relacionar sobretudo com os estrangeiros, tanto para obter notícias de Bagdá quanto para ver se encontrava alguém com quem pudesse retornar. A capital do rei Mihrage estava situada à beira do mar e tinha um belo porto, onde aportavam todos os dias navios de diferentes lugares do mundo. Busquei também a companhia de sábios indianos e tive prazer na conversa deles. Nada disso me impediu de fazer, regularmente, a corte ao rei, nem de me divertir com outros pequenos governantes, seus tributários.

Eles faziam muitas perguntas sobre meu país. Eu mesmo, procurando me instruir sobre as leis e os costumes dos seus Estados, perguntava várias coisas que julgava dignas de curiosidade.

"Sob o domínio do rei Mihrage estava uma ilha denominada de Cassel. Disseram-me que lá se ouvia, todas as noites, som de tambores, o que deu origem, entre as mulheres dos marinheiros, ao boato de que Degial[5] ali residia. Quis averiguar essa história fantástica e vi, durante minha viagem, peixes que mediam de cem a duzentos côvados, na verdade mais assustadores do que perigosos. Eram tão tímidos que os espantávamos batendo no casco do navio. Pude ver também outros peixes que não passavam de um côvado e cuja cabeça era semelhante a de uma coruja.

"Retornando, fiquei um dia no porto, e um navio atracou. Baixada a âncora, começaram a descarregar as mercadorias e transportá-las até os estabelecimentos dos comerciantes a quem pertenciam. Lá pelas tantas, vi o meu nome escrito sobre certos fardos. Examinando-os atentamente, tive certeza de que eram aqueles que eu levara comigo no navio que embarquei em Bassora. Reconheci o próprio capitão. Como acreditava que ele me tinha por morto, perguntei-lhe de quem eram aqueles fardos. Ele respondeu: 'Havia no meu navio um mercador de

---

5. Degial, entre os maometanos, é o mesmo que o anticristo. Segundo eles, ele aparecerá no final dos tempos e conquistará toda a Terra, exceto Meca, Medina e Jerusalém, que serão preservadas por anjos. (N.T.)

Bagdá, chamado Simbad. Um dia, estávamos próximos do que nos parecia ser uma ilha e ele desembarcou nela junto com vários outros marinheiros. Mas a ilha era uma enorme baleia dormindo na superfície da água. Logo ela sentiu o fogo que acenderam sobre o seu dorso para cozinhar, começando a se mover e chafurdar no mar. A maioria dos que estavam sobre ela se afogou, entre eles Simbad. Esses fardos são dele, e resolvi negociá-los para que possa devolver, mais tarde, a alguém de sua família, o lucro obtido desse capital'.

"– Capitão – disse eu então – sou o tal Simbad que o senhor erroneamente acredita estar morto: nesses fardos estão os meus bens e minhas mercadorias."

Sherazade não disse mais nada, mas prosseguiu, na outra noite, da seguinte maneira:

LXXII Noite

Simbad, continuando sua história, disse a Himbad e aos outros convidados:
— Quando o capitão do navio me ouviu falar aquilo, gritou: "Deus meu! Em quem se pode confiar hoje em dia. Não existe mais honestidade entre os homens. Vi com meus próprios olhos Simbad morrer. Os outros passageiros também viram, e você ousa

dizer que é Simbad? Que audácia! O senhor aparenta ser um homem direito, no entanto, diz horríveis falsidades para se apropriar de algo que não é seu." "Tenha paciência", repliquei ao capitão, "e escute por favor o que tenho a dizer." "Fale, então. Sou todo ouvidos." Eu narrei a ele a forma como tinha me salvado e como havia encontrado os cavalariços do rei Mihrage, que tinham me levado a sua corte.

"O capitão ficou estarrecido com meu discurso, mas logo convenceu-se de que eu não era um impostor, porque apareceram mais pessoas do seu navio, as quais me reconheceram e me fizeram grandes cumprimentos, testemunhando a alegria que sentiam de me rever. Por fim, ele mesmo se lembrou de mim e disse abraçando-me: 'Graças a Deus! Não posso lhe dizer o prazer que sinto. Felizmente, você se salvou de tão grande perigo. Aí estão os seus bens, pegue-os de volta e faça deles o que quiser'. Eu agradeci e, como recompensa por sua honestidade, roguei ao capitão que aceitasse algumas mercadorias minhas. Mas ele recusou.

"Escolhi o que havia de mais precioso nos meus fardos para dar de presente ao rei Mihrage. Sabendo da desgraça que tinha me acontecido, ele perguntou onde eu havia conseguido coisas assim tão raras. Contei-lhe como por acaso encontrara meus bens, e ele compartilhou minha alegria. Aceitou meus presentes e me deu outros ainda mais consideráveis. Depois disso, despedi-me dele e reembarquei no mesmo navio, não sem antes fazer negócio com outros mercadores estrangeiros. Troquei as mercadorias que tinha recuperado por aloés, sândalo, cânfora, noz-moscada, cravo-da-índia, pimenta e gengibre. Passamos por muitas ilhas até chegarmos de volta ao porto de Bassora. Eu contava então com mais ou menos cem mil cequins. Minha família me recebeu e nos reencontramos com todo o entusiasmo que pode causar uma amizade viva e sincera. Comprei escravos homens e mulheres, terras e construí uma enorme casa. Assim me estabeleci, tomando a resolução de esquecer os sofrimentos e de usufruir dos prazeres da vida."

Simbad se deteve nesse ponto e ordenou que os músicos recomeçassem o concerto que ele havia interrompido para contar sua história. Continuou-se bebendo e comendo até a noite. Logo que chegou a hora de todos irem embora, Simbad pediu para lhe trazerem um saco de cem cequins e o deu ao carregador, dizendo:
– Toma isso, Himbad. Volta para casa e retorna aqui amanhã para ouvir a continuação das minhas aventuras.

Himbad foi embora bastante confuso, por causa do tratamento honrado e do presente recebido. O que contou em casa fez a alegria de sua mulher e de seus filhos, que não deixaram de agradecer a Deus o bem recebido da Providência por intermédio de Simbad.

Himbad se vestiu no outro dia de maneira mais apropriada e retornou à casa do generoso viajante, que o recebeu sorrindo e cheio de afeição. Depois de chegados todos os convidados, serviu-se a comida e por longo tempo ficaram à mesa. Tendo acabado a refeição, Simbad tomou a palavra e, dirigindo-se a todos, disse:

– Senhores, peço sua atenção para que escutem as aventuras de minha segunda viagem. São ainda mais interessantes que as da primeira.

Todos ficaram em silêncio, e Simbad falou nesses termos:

SEGUNDA VIAGEM DE SIMBAD, O MARUJO

— Depois de minha primeira viagem, resolvi passar tranquilamente meus dias em Bagdá, como já tinha dito ontem. Mas não passou muito tempo até que eu me entediasse do ócio. Fui tomado novamente pela vontade de viajar e negociar pelos mares: adquiri as mercadorias próprias para fazer as transações que me interessavam e parti, pela segunda vez, com outros mercadores cuja honestidade já conhecia. Embarcamos num bom navio e, rogando a Deus para tudo dar certo, começamos a navegar.

"Íamos de ilha em ilha, fazendo muitas trocas vantajosas. Um dia, descemos em uma delas, cheia de árvores frutíferas, mas tão deserta que não descobrimos qualquer habitação e nem mesmo alma viva. Fomos tomar ar nas pradarias e nos rios que as irrigavam.

"Enquanto uns passavam o tempo colhendo flores e outros, frutas, peguei as provisões e o vinho que tinha levado e me sentei ao lado de um riacho, aproveitando a sombra de grandes árvores. Fiz uma boa refeição e acabei caindo no sono. Não sei quanto tempo dormi, mas quando acordei não vi mais o navio ancorado."

Nesse momento, Sherazade foi obrigada a interromper a história, pois percebeu que o sol iria nascer. Na noite seguinte, ela continuou dessa maneira a narrar a segunda viagem de Simbad:

LXXIII Noite

– Fiquei muito espantado de não ver o navio por ali – disse Simbad. – Levantei-me, olhei por todos os lados e não encontrei um sequer dos mercadores que tinham descido na ilha comigo. Vi somente o navio com as velas levantadas, mas tão longe que logo o perdi de vista.

"Deixo para os senhores imaginarem as reflexões que fiz em tal estado de tristeza. Pensei que ia morrer de dor. Soltei gritos assustadores, bati na própria cabeça e me joguei no chão, onde fiquei um bom tempo mergulhado numa confusão mortal, com pensamentos cada qual mais aflitivo. Mas todos os meus lamentos eram inúteis e meu arrependimento tardio.

"Por fim, me rendi à vontade de Deus e, sem saber o que fazer, subi numa grande árvore, do alto da qual procurei por todos os lados alguma coisa capaz de me dar esperança. Olhando para o mar, não via mais que a água e o céu. No entanto, ao perceber em terra uma coisa branca, desci da árvore. Fui até aquela brancura, sem poder identificar o que era, pois estava longe, levando comigo meus mantimentos.

"Ao chegar a uma distância razoável, observei que era uma bola branca de altura e largura prodigiosas. Me aproximando, toquei nela e a senti muito suave. Andei ao seu redor para ver se achava alguma abertura, mas não encontrei nenhuma. Pareceu-me impossível subir nela, de tão lisa. Podia ter cinquenta passos de circunferência.

"O sol estava quase se pondo e escureceu, como se o ar se transformasse numa nuvem espessa. Se essa obscuridade me espantou, fiquei muito mais atônito quando percebi sua causa: uma ave imensa, de um tamanho extraordinário, voava em minha direção. Me lembrei de um pássaro chamado roc[6], do qual frequentemente falavam os marinheiros. A grande bola que tanto eu admirara devia ser seu ovo. Com efeito, ele pousou sobre ela, provavelmente para chocá-la. Escondi-me bem junto do ovo, e as garras da ave, grossas como um tronco largo, ficaram diante de mim. Atei-me fortemente a uma delas, com a ajuda do pano do meu turbante, esperando ser levado para longe daquela ilha deserta, quando o pássaro levantasse voo na manhã seguinte. De fato, depois de passar a noite amarrado daquela maneira, mal raiou o sol, fui erguido pelo pássaro a uma al-

---

6. Marco Polo, em suas viagens, e o padre Martini, na sua história da China, falam desse pássaro e dizem que ele é capaz de carregar elefantes e rinocerontes. (N.T.)

tura em que não via mais a ilha. E fiquei sem sentir meu próprio corpo, quando ele desceu, tal foi sua rapidez. Logo o pássaro roc pousou. Ao sentir-me em terra, desfiz de pronto o nó que me prendia ao seu pé. Nem bem acabara de me soltar e ele atacou uma serpente de comprimento inaudito, tomou-a com o bico e foi embora.

"O lugar onde ele me deixou era um vale bem profundo, circundado de todos os lados por montanhas tão altas que se perdiam nas nuvens e tão escarpadas que não haveria jeito de escalá-las. Fiquei novamente desanimado. Comparando o vale com a ilha deserta que eu acabara de abandonar, nele não via nada de melhor.

"Caminhando por ali, notei que o chão estava repleto de diamantes, de tamanhos impressionantes. Tive muito prazer em observá-los, mas logo vi, ao longe, certas coisas que diminuíram vivamente esse prazer e me apavoraram. Era um grande número de serpentes tão largas e tão compridas que poderiam engolir elefantes. Durante o dia, retiravam-se para os seus antros, ficando escondidas do pássaro roc, seu inimigo. Só voltavam a sair à noite.

"Passei o dia a caminhar pelo vale, repousando às vezes nos locais mais cômodos. Enquanto isso, o sol se pôs. Com a chegada da noite, escondi-me numa gruta, onde julgava estar seguro. Fechei a entrada, baixa e estreita, com uma pedra grossa o suficiente para me proteger das serpentes, permitindo ainda a entrada de alguma luz. Comi uma parte das minhas provisões, ouvindo o barulhos das serpentes, que começavam a aparecer. Seus silvos medonhos me causavam um horror extremo e não me permitiram, como os senhores podem imaginar, passar a noite muito tranquilamente. O dia aparecendo, as serpentes foram embora. Saí da gruta tremendo, e posso dizer ter marchado um bom tempo sobre os diamantes sem dar a mínima para eles. Não tinha pregado o olho nenhum momento na noite. Por fim, sentei-me e, malgrado minha inquietação, dormi depois de fazer uma pequena refeição com o que me sobrara de comida. Bastou eu adormecer, e algo caiu ao meu lado, fazendo barulho e me acordando. Era um grande pedaço de carne crua, e vários outros rolavam das rochas, em diferentes pontos.

"Sempre tomei por uma história boba aquilo que ouvia as mulheres dos marinheiros e outras pessoas contarem a respeito do vale dos diamantes e do lugar até onde iam os mercadores para encontrar essas pedras preciosas. Mas pude ver bem que diziam a verdade. Com efeito, os mercadores iam até o alto daquelas montanhas na época das águias terem seus filhotes. Eles cortavam grande pedaços de carne e jogavam no vale, para que os diamantes grudassem sobre eles. As águias, mais fortes nesse país do que em qualquer outro, precipitavam-se sobre a carne e a levavam até seus ninhos, no alto das rochas, para alimentar seus filhotes. Os mercadores corriam, então, aos ninhos, expulsando as aves por meio de gritos e pegando para si os diamantes. Eles se serviam desse estratagema, porque não havia outro meio de retirar as pedras do vale, um precipício impossível de escalar.

"Por causa disso, acreditei ser impossível sair daquele abismo e o considerei a minha tumba. Mas logo depois mudei de ideia e imaginei um modo de me manter vivo..."

O dia aparecendo naquele momento impôs silêncio a Sherazade, mas na noite seguinte ela prosseguiu a história.

LXXIV Noite

Senhor, disse ela, sempre dirigindo-se ao sultão da Índia, Simbad continuou contando as aventuras de sua segunda viagem aos seus atentos companheiros:

– Comecei amontoando os maiores diamantes que via e com eles enchi a bolsa de couro[7], na qual guardava minhas provisões. Peguei em seguida um pedaço de carne bem comprido e o enrolei ao meu redor, amarrando-o com o pano do meu turbante. Nesse estado, me deitei de bruços, com a bolsa de couro presa à minha cintura, de forma que não pudesse cair.

---

7. Os orientais, ao viajar, colocavam seus mantimentos numa bolsa de couro mais ou menos semelhante àquela que usavam também os barbeiros para guardar sua bacia, sua toalha e seus outros apetrechos, quando iam à cidade barbear alguém. (N.T.)

"Em seguida, chegaram as águias. Cada uma agarrou uma porção de carne, carregando-a consigo. Uma das mais fortes, me levando junto com o pedaço no qual eu estava enrolado, alçou-me ao alto da montanha onde estava seu ninho. Os mercadores não tardaram a gritar para espantar as águias. Logo que elas foram obrigadas a abandonar sua prole, um deles se aproximou de mim e foi tomado de horror quando me viu. No entanto, ele manteve-se firme e discutiu comigo, perguntando porque eu estava roubando seu bem, sem nem sequer querer saber como eu fora parar ali. Eu lhe disse: 'Você me falaria com mais humanidade se me conhecesse. Fique tranquilo. Tenho mais diamantes para você e para mim do que têm todos os outros mercadores juntos. Os que eles têm obtiveram ao acaso, enquanto os que trago aqui nessa bolsa foram escolhidos por mim mesmo, lá no fundo do vale'. Mostrei os diamantes para ele. Nem bem tinha terminado de falar, os outros mercadores se atropelaram ao meu redor, espantados de me ver e estarrecidos com minha história. Não admiravam tanto a estratégia que eu havia bolado para me salvar quanto minha audácia de pô-la em prática.

"Conduziram-me ao lugar onde estavam alojados. Lá, tendo eu aberto minha bolsa na presença de todos, o tamanho dos meus diamantes deixou-os surpresos, e confessaram nunca terem visto nada parecido em nenhum lugar. Eu disse ao mercador dono do ninho ao qual eu tinha sido transportado, pois cada um tinha o seu, que escolhesse para si tantos diamantes quanto quisesse. Ele se contentou pegando apenas um, e dos menores. Como eu insisti para que ficasse com outros sem constrangimento, ele disse: 'Não. Estou muito satisfeito com este aqui. É preciso o bastante para garantir-me uma pequena fortuna, poupando-me de vir a fazer outras viagens'.

"Passei a noite com esses mercadores, a quem contei pela segunda vez minha aventura, satisfazendo aqueles que não a tinham ouvido. Não podia me conter de satisfação, quando refletia estar longe dos perigos dos quais falei. Parecia que eu estava sonhando e não podia crer que estivesse fora de perigo.

"Já havia dias os mercadores vinham lançando carne no vale. Estando cada qual satisfeito com os diamantes obtidos, partimos no dia seguinte, todos juntos. Caminhamos por altas montanhas habitadas por grandes serpentes que por sorte não nos atacaram. Chegando ao primeiro porto, embarcamos para a ilha de Rocha, onde cresce a árvore da qual se extrai a cânfora. Seu tronco é tão largo e espesso que cem homens podem sentar-se à sua sombra, com toda facilidade. A seiva da árvore escorre de um buraco feito no alto desse tronco e cai num vaso, no qual adquire consistência e torna-se aquilo que conhecemos por cânfora. Depois desse processo, a árvore seca e morre.

"Também havia nessa ilha rinocerontes, animais menores que elefantes, mas maiores que búfalos. Em cima do focinho, esses animais têm um chifre medindo um côvado. Esse chifre é sólido, mas cortado ao meio de uma extremidade à outra. Na parte superior, há sinais lembrando a figura de um homem. Os rinocerontes lutam com os elefantes, chifrando-os no ventre e levantando-os sobre a cabeça. Mas como o sangue e a gordura do elefante lhes aderem aos olhos, deixando-os cegos, eles acabam por tombar no chão. Às vezes, e isso é o mais surpreendente, surge o pássaro roc e captura ambos para alimentar seus filhotes.

"Vou passar por cima de outras particularidades desta ilha, a fim de não vos cansar. Ali troquei alguns dos meus diamantes por boas mercadorias. Fomos ainda até outros lugares e, enfim, depois de havermos passado por várias cidades mercantes em terra firme, desembarcamos em Bassora, de onde retornei para Bagdá. Aqui fiz então muitas doações e usufruí honradamente do resto das riquezas imensas que havia ganho com tanto sacrifício."

Assim terminou Simbad de contar a sua segunda viagem. Ele ordenou que dessem mais cem cequins para Himbad e convidou-o a retornar para ouvir o terceiro relato. Os convidados retiraram-se para suas casas e voltaram no dia seguinte, no mesmo horário. Com eles veio o carregador, quase esquecido de sua pobreza passada. Sentaram à mesa e, depois da refeição, Simbad, pedindo silêncio, fez um relato detalhado de sua terceira viagem:

Terceira viagem de Simbad, o marujo

— Logo perdi, nos prazeres da vida que levava, a lembrança dos perigos passados em minhas duas viagens. Como estava na flor da idade, enjoei do sossego e, ignorando os novos perigos que estava prestes a encontrar, saí de Bagdá com mercadorias valiosas. Fui até Bassora e embarquei num navio novamente com outros mercadores. Navegamos muito, passando por vários portos, onde negociamos com sucesso.

"Certo dia, em alto-mar, fomos surpreendidos por uma tempestade terrível e perdemos a rota. A tempestade durou dias e nos conduziu ao porto de uma ilha. Embora esse não fosse, de forma alguma, o desejo do capitão, tivemos de ancorar naquele lugar. Velas abaixadas, ele disse: 'Esta ilha e as outras vizinhas são habitadas por selvagens peludos que virão nos atacar. Ainda que sejam anões, não convém que façamos qualquer resistência, porque há multidões deles. Se acontecer de matarmos algum, todos os outros saltarão sobre nós e seremos aniquilados'."

O dia que vinha aclarar o quarto impediu

Sherazade de seguir adiante. Na noite seguinte, ela retomou a palavra nesses termos:

LXXV Noite

– O discurso do capitão – disse Simbad – deixou toda a tripulação consternada, e logo percebemos que ele dizia a verdade. Vimos aparecer uma multidão inumerável de selvagens hediondos, com o corpo coberto de um pó vermelho e cuja altura não passava de dois pés. Eles jogaram-se ao mar a nado e, em pouco tempo, cercaram o navio. Ao se aproximarem, falavam conosco, mas não compreendíamos sua língua. Eles se agarravam ao costado e às cordas do navio e subiam por todos os lados até o convés, com tal agilidade e rapidez que pareciam voar.

"Observamos essas manobras com o pavor que os senhores podem imaginar, sem ousar nos defender. Também não dissemos qualquer palavra capaz de dissuadi-los de seu plano, que supúnhamos funesto. Efetivamente, eles desenrolaram as velas, cortaram o cabo da âncora e, depois de aproximar o navio a terra, nos obrigaram a desembarcar. Em seguida, levaram o navio com eles, para uma outra ilha, de onde tinham vindo. Todos os viajantes evitavam a ilha onde fôramos largados. Era muito perigosa, pela razão que a seguir os senhores ouvirão, mas só nos restava aguentar nossa desgraça com paciência.

"Nos afastamos da praia e, avançando ilha adentro, encontramos algumas frutas e ervas, que comemos para prolongar o máximo possível os últimos momentos de nossas vidas. Todos esperávamos pela morte certa. Vimos muito longe de nós uma grande construção, à qual nos dirigimos. Era um palácio benfeito e alto, com uma porta de ébano de dois batentes, que abrimos empurrando. Entramos pelo pátio e nos vimos dentro de um enorme aposento, com um vestíbulo onde havia, de um lado, um amontoado de ossadas humanas e do outro, espetos. Começamos a tremer diante daquela cena e, já cansados da caminhada, as pernas nos faltaram. Caímos no chão tomados de um pânico mortal e assim permanecemos imóveis.

"O sol se pôs e, estando nós naquele estado deplorável que contei aos senhores, a porta do palácio se abriu ruidosamente. Vimos surgir dela, em seguida, a horrível figura de um homem negro da altura de uma palmeira. No meio da testa, tinha um único olho vermelho, ardendo e brilhando como brasa. Os dentes dianteiros, muito longos e afiados, saíam pela boca de cavalo afora. A queixada se estendia até o peito. As orelhas eram do tamanho das de um elefante e lhe cobriam os ombros. Tinha as unhas longas e retorcidas como as garras das aves de rapina. À vista de um gigante tão medonho, perdemos os sentidos e ficamos como mortos.

"Quando recuperamos a consciência, ele estava sentado no chão, examinando-nos com seu olho.

Depois de muito nos observar, avançou até nós e, estendendo a mão sobre mim, me pegou pela nuca. Virou-me de todos os lados, como um açougueiro faz com um pedaço de carne e, vendo que eu não passava de pele e osso, me largou. Examinou dessa forma todos os outros e, como o capitão era o mais gordo, segurou-o como se fosse um passarinho e atravessou-o com um espeto. Em seguida, assou-o no fogo que acabara de acender e retirou-se até um outro quarto, a fim de comê-lo. Tendo acabado a refeição, voltou ao vestíbulo, onde se deitou e dormiu, roncando mais alto que um trovão. Seu sono durou até a manhã do dia seguinte. Quanto a nós, não conseguimos aproveitar em nada nenhum momento de repouso. Passamos a noite numa inquietação cruel. Depois de acordar, o gigante levantou-se e saiu, nos deixando sozinhos.

"Quando acreditamos que ele já estivesse afastado, rompemos nosso triste silêncio. Nos afligindo sobre quem seria o próximo, fizemos retumbar o palácio de lamentos e gemidos. Por mais que estivéssemos em grande número e que nosso inimigo fosse apenas um, não nos passou pela cabeça a ideia de matá-lo. Era algo por certo bem difícil de ser executado. No entanto, era o que devíamos naturalmente tentar fazer.

"Deliberamos sobre várias outras alternativas, mas não nos determinamos a colocar nenhuma em prática. Abandonando-nos à vontade de Deus, saímos do palácio e passamos o dia zanzando pela ilha, comendo frutos e plantas. À tarde, procuramos um lugar onde pudéssemos nos esconder, mas não achando nenhum, fomos obrigados a retornar ao palácio.

"O gigante não deixou de aparecer para jantar um de nossos companheiros. Depois, dormiu e roncou até o dia seguinte, quando foi embora, deixando-nos sozinhos, como já havia feito antes. Nossa condição nos pareceu tão desesperadora que muitos de nossos camaradas jogaram-se ao mar, preferindo morrer dessa forma. Um dos que não quis seguir esse caminho, disse: 'Não é correto matar-nos a nós mesmos, mas, ainda que o fosse, não seria mais razoável pensarmos em um meio de nos livrarmos desse bárbaro que nos destina uma morte tão funesta?'

"Me veio então à cabeça uma ideia para acabar com o gigante. Comuniquei-a aos meus companheiros e eles a aprovaram. Depois eu disse: 'Meus amigos, como sabem, há muitas árvores ao longo da praia. Proponho construirmos várias jangadas capazes de nos suportar. Quando prontas, as deixaremos de lado, até chegar a hora de usá-las. Enquanto isso, nós colocaremos em prática o plano que propus para nos livrarmos do monstro. Se o plano der certo, esperaremos na ilha, com paciência, até passar algum navio e nos levar desse lugar horrível. Se, pelo contrário, não formos bem-sucedidos, correremos até as jangadas e nos lançaremos ao mar. Arriscaremos a vida, expondo-nos ao furor das ondas em embarcações tão frágeis, confesso. Mas, desde que vamos morrer, não é melhor nos deixarmos engolir pelo mar do que pelas entranhas daquele monstro que já devorou dois de nossos camaradas?' Minha opinião foi do gosto de todos, e construímos jangadas com capacidade para três pessoas.

"Retornamos ao palácio no final do dia, e o gigante também, pouco depois de nós. Tivemos de nos resignar a vê-lo assar mais um de nossos companheiros. Mas, por fim, desta maneira nos vingamos da sua crueldade: depois que ele acabou sua horrível refeição, deitou-se de costas e dormiu. Quando começou a roncar, como de costume, eu e nove dos mais corajosos dentre nós pegamos cada qual um espeto, esquentamos a ponta deles no fogo, até que se tornassem vermelhas, e, ao mesmo tempo, os enfiamos no seu olho e cravamos cabeça adentro.

"A dor que o gigante sentiu fez ele soltar um grito terrível. Levantou-se bruscamente, estendendo as mãos por todos os lados, a fim de se apoderar de algum de nós e sacrificá-lo à sua raiva. Mas tivemos tempo de nos afastar e jogar no chão, escondendo-nos em lugares onde ele não pudesse nos pisar. Depois de nos procurar em vão, ele encontrou a porta, tateando, e saiu lançando urros pavorosos."

Sherazade não disse mais nada além disso. Na noite seguinte, retomou assim sua história:

LXXVI Noite

– Saímos correndo do palácio logo depois do gigante – continuou Simbad –, e só paramos ao alcançar o local, na praia, onde estavam nossas jangadas. Nós as levamos até a água e esperamos raiar o dia para subirmos nelas, caso víssemos chegar o gigante junto com algum guia, à nossa procura. Pensamos felizes, também, que se ele não aparecesse até o momento do sol se levantar e se não ouvíssemos mais seus berros, ainda ecoando por todos os lados, seria sinal de sua morte. Nesse caso, não nos arriscaríamos sobre as jangadas e permaneceríamos na ilha. Mas mal amanheceu e logo vimos nosso cruel inimigo conduzido por mais dois gigantes, quase do seu tamanho, e acompanhado por outros tantos da sua espécie, que vinham à frente, precipitados.

"Diante daquela cena, não hesitamos mais em subir nas jangadas e, remando com força, nos afastamos da praia. Os gigantes, percebendo nossa fuga, pegaram grandes pedras, correram ao mar, entrando na água até a cintura, e as atiraram em nós, com tão boa pontaria que afundaram todas as jangadas, exceto aquela na qual eu estava. Todos se afogaram, menos eu e meus dois companheiros. Remamos o mais rápido possível, avançando mar adentro, até ficarmos fora de sua mira.

"Em alto-mar, viramos joguetes do vento e das ondas, que nos atiravam para um lado e para outro, passando o dia e a noite seguintes numa cruel expectativa sobre nosso futuro. No entanto, logo tivemos a felicidade de ir parar numa ilha, na qual nos salvamos com grande alegria. Nela, encontramos frutas saborosas e com elas recuperamos as forças perdidas.

"À noite, dormimos à beira da praia e fomos acordados pelo barulho de uma serpente, longa como uma palmeira, trocando a pele ao se arrastar na areia. Estava tão perto de nós que engoliu um de meus camaradas, depois de sacudi-lo com força e jogá-lo contra o solo, malgrado seus gritos e o esforço com que ele se defendeu. Eu e meu outro companheiro fugimos depressa. Depois de tomarmos distância, pensamos ouvir ainda o barulho do quebrar dos ossos do nosso amigo que a serpente havia surpreendido. De fato, no dia seguinte, vendo seu corpo, gritei horrorizado: 'Deus! Ao que estamos expostos! Nos felicitamos ontem por escarparmos da crueldade de um gigante e do furor das águas, para nos encontrarmos agora diante de outro perigo não menos terrível'.

"Seguindo em frente, reparamos numa árvore alta e imponente, e em cima dela planejamos passar a noite, para ficarmos mais seguros. Nos alimentamos de frutas, como no dia anterior e, ao final da tarde, subimos na árvore. Logo ouvimos os silvos da serpente lá embaixo. Ela se ergueu ao longo do tronco e, encontrando meu amigo num galho mais baixo que o meu, engoliu-o de uma única vez, indo embora.

"Fiquei em cima da árvore até amanhecer, quando desci, mais morto que vivo. Por certo, minha sorte não seria melhor que a de meus amigos, e esse pensamento me dava arrepios. Pensei em me atirar no mar, mas, como sempre desejamos viver o máximo possível, resisti ao desespero e me submeti à vontade de Deus, o governante de nossas vidas.

"Em todo o caso, amontoei uma grande quantidade de galhos, mato e espinhos. Também fiz muitas estacas e dispus tudo conjuntamente, num grande círculo ao redor da árvore, deixando algumas delas atravessadas para cobrir minha cabeça. Isso feito, no final da tarde me escondi nesse círculo com o triste consolo de nada ter negligenciado a fim de me proteger. A serpente não deixou de aparecer e circundou a árvore, procurando me devorar. No entanto, ela não teve êxito, por causa da proteção que eu havia construído. Ficou até a madrugada, como um gato à espreita de um rato metido na toca. O sol aparecendo, ela foi embora, mas só ousei sair do meu esconderijo quando já estava bem claro.

"Estava tão cansado daquela trabalheira toda e do hálito empestiado da cobra, que cheguei a pensar na morte como algo melhor. Sem me lembrar da resignação a que havia chegado no dia anterior, corri até o mar, desejando afogar-me já na primeira onda."

Com essas palavras, Sherazade, vendo que já era dia, parou de falar. Na noite seguinte, ela continuou a história e disse ao sultão:

LXXVII Noite

Senhor, prosseguindo a narração da sua terceira viagem, disse Simbad:

— Deus sensibilizou-se do meu desespero. No momento em que iria me jogar no mar, vi um navio bem distante da praia. Gritei com todas as minhas forças e desenrolei o pano do meu turbante, para que pudessem me enxergar. Fui recompensado do esforço, pois toda a tripulação me viu e o capitão me enviou um bote. Quando subi a bordo, os mercadores e os marinheiros me perguntaram, ansiosos, como eu havia ido parar naquela ilha deserta. Depois de eu ter contado toda a minha aventura, os mais velhos afirmaram já terem ouvido falar dos gigantes habitantes da ilha. Eram gigantes antropófagos e comiam homens tanto assados quanto crus. Com respeito às serpentes, eles sabiam que havia muitas naquelas ilhas. Durante o dia se escondiam, só aparecendo à noite. Depois de confessarem sua alegria por me verem escapar de tantos perigos, como não duvidavam da minha fome, logo me serviram o que tinham de melhor. O capitão, vendo meus trajes todos em farrapos, deu-me para vestir um dos seus.

"Navegamos algum tempo. Passamos por diversas ilhas, até chegarmos na de Salahat, onde se produz o sândalo, essência muito útil na medicina. Entramos no porto e baixamos âncora. Os comerciantes fizeram descer suas mercadorias, a fim de as vender ou trocar. Enquanto isso, o capitão me chamou e disse: 'Amigo, tenho comigo os bens de um mercador que navegou em meu navio certo tempo. Como ele morreu, eu faço negócio com eles, para render o lucro a seus herdeiros, logo que os encontrar'. Os fardos dos quais ele falava estavam já sobre o convés. Ele apontou-os dizendo: 'São esses aqui. Você faria bem em negociá-los para mim, pelo mérito de ter vencido tantas dificuldades'. Eu consenti em fazê-lo, agradecendo pela chance de ser útil novamente.

"O escrivão do navio registrava todos os fardos com o nome dos mercadores a quem pertenciam. Como ele perguntou sob qual nome devia despachar aqueles dos quais recém eu fora encarregado, o capitão disse: 'Registre-os como pertencendo a Simbad, o marujo'. Não pude conter a emoção de ouvir meu nome. Encarando o capitão, reconheci nele aquele que, na minha segunda viagem, tinha me abandonado na ilha onde eu adormecera à beira de um riacho, partindo sem me esperar ou me fazer buscar. Não havia lembrado dele antes, porque estava muito mudado.

"Como ele me julgava morto, não era de se espantar que não recordasse de mim. Eu lhe disse:

'Capitão, é verdade que o mercador a quem pertenciam esses fardos se chamava Simbad?' 'Sim', respondeu ele, 'seu nome era esse. Ele era de Bagdá e embarcou no meu navio em Bassora. Um dia, quando descemos numa ilha para nos abastecer de água e nos refrescar, não sei por que desatenção acabei partindo sem que ele retornasse com os outros. Só nos demos conta disso, eu e toda tripulação, quatro horas depois. Íamos de vento em popa, um vento muito rigoroso, e não foi possível virar de bordo para resgatá-lo'. 'O senhor crê, então', perguntei, 'que ele esteja morto?' 'Seguramente', retorquiu. 'Pois bem, capitão, abra mais os olhos e veja se não reconhece o Simbad que o senhor deixou naquela ilha deserta. Adormeci à beira de um riacho e, quando acordei, não vi mais ninguém da tripulação'. Ouvindo minhas palavras, o capitão não parava de me olhar..."

Sherazade, nesse momento, percebendo que era dia, foi obrigada a guardar silêncio. À noite, ela assim retomou o fio da narrativa:

LXXVIII Noite

– O capitão – disse Simbad –, depois de haver muito considerado, me reconheceu. 'Deus seja louvado!', gritou, abraçando-me. 'Estou muito feliz, a fortuna reparou minha falta. Eis suas mercadorias, que venho conservando e fazendo valorar a cada porto por que passo. Devolvo elas ao senhor, com todo o lucro obtido.' Tomei-as de volta, agradecendo ao capitão por tudo.

"Da ilha de Salahat, partimos até outra, onde adquiri sementes de girassol, canela e outras especiarias. Quando nos afastamos, vimos uma tartaruga de vinte côvados de comprimento e de largura. Vimos também um peixe parecido com uma vaca. Ele dava leite e sua pele era tão resistente que dela se faziam escudos. Outro peixe tinha a cor e a forma de um camelo. Enfim, depois de muito navegar, chegamos a Bassora. De lá, retornei a Bagdá, com incontáveis riquezas. Uma parte considerável delas doei novamente aos pobres e acrescentei mais terras àquelas que eu já havia comprado."

Simbad terminou assim a história de sua terceira viagem. Logo ordenou que dessem mais cem cequins a Himbad, convidando-o para o próximo banquete e o relato da quarta viagem. Himbad e os demais se retiraram e, no dia seguinte, Simbad tomou a palavra, depois da refeição, e continuou suas aventuras.

Quarta viagem de Simbad, o marujo

— **O**s prazeres – disse ele – e as distrações a que me entreguei, depois da minha terceira viagem, não me seduziram a ponto de eu não querer mais navegar. Ainda era tomado pela vontade de fazer negócio pelos mares e de ver coisas novas. Deixei em dia meus compromissos e parti, levando comigo muitas mercadorias. Tomei o caminho da Pérsia, atravessando inúmeras províncias, até chegar num porto e embarcar. Depois de termos passado por diversos outros portos em terra firme e por algumas ilhas orientais, um dia, navegando muito distante da costa, fomos surpreendidos por um vendaval. O capitão teve de baixar as velas e dar as ordens necessárias, a fim de evitar o perigo que nos ameaçava. Mas toda precaução foi inútil. A manobra de nada adiantou. As velas se rasgaram em mil pedaços e o navio, desgovernado, começou a afundar. Um grande número de mercadores e de marinheiros se afogou, e a carga que transportávamos foi toda perdida.

Sherazade contava isso quando viu o dia aparecer. Ela parou de falar e Shariar se levantou. Na noite seguinte, ela retomou assim a quarta viagem:

LXXIX Noite

– Tive a sorte, junto com outros mercadores e marinheiros, de me agarrar a uma prancha de madeira. Fomos arrastados pela corrente até uma ilha, mais adiante de nós. Nela, encontramos frutas e uma fonte de água, que serviram para que recuperássemos as forças. Passamos a noite no lugar mesmo onde o mar tinha nos jogado, sem decidirmos nada a respeito do que iríamos fazer. Estávamos muito abatidos pela desgraça.

"A manhã surgindo, quando o sol já estava alto, nos afastamos da praia. Avançando pela ilha, encontramos algumas habitações, onde paramos. À nossa chegada, um grande número de negros apareceu, nos cercando. Depois de nos prenderem, eles nos dividiram entre si, conduzindo-nos para suas casas.

"Fomos levados, eu e cinco dos meus camaradas, para um mesmo lugar. Fizeram com que sentássemos e nos convidaram, por meio de gestos, a comer uma erva que nos serviram. Meus amigos, sem refletir sobre o fato de que aqueles que nos ofereciam a erva não a comiam, só prestaram atenção na própria fome, jogando-se ávidos sobre os pratos. Eu, pressentindo alguma velhacaria, não quis nem provar. Fiz bem, porque, pouco tempo depois, meus amigos ficaram com o espírito alterado e diziam coisas sem sentido.

"Serviram-nos, da mesma forma, arroz preparado com óleo de coco, e meus companheiros, já sem nenhum discernimento, comeram muito além da conta. Eu comi também, mas muito pouco. Os nativos nos serviam daquela erva para atordoar nossa mente e camuflar, assim, a dor que a infeliz consciência do nosso futuro deveria nos causar. Nos davam arroz porque, como eram antropófagos, tinham a intenção de nos comer quando engordássemos. Foi o que aconteceu a meus amigos, ignorantes do seu destino, tendo perdido o bom-senso. Como conservara o meu, os senhores podem imaginar muito bem que, ao invés de ficar mais gordo, emagreci. O medo da morte me assediando todo o tempo transformava em veneno todo o alimento que eu comia. Caí num langor e foi minha salvação: os nativos, havendo matado e devorado meus camaradas, pararam por aí. Ao me verem seco, descarnado e doente, adiaram minha morte.

"Enquanto isso, eu tinha muita liberdade, pois não me vigiavam de perto. Um dia, tive a chance de me afastar das suas habitações, salvando-me. Fui visto por um ancião que, desconfiando dos meus planos, gritou com toda força para eu voltar. Ao contrário de lhe obedecer, redobrei meus passos e desapareci logo de sua vista. Naquela hora, apenas o velho estava na aldeia. Os outros tinham saído e só voltariam no final da tarde, como costumavam fazer. Seguro de que não estariam mais em tempo de correr atrás de mim quando percebessem minha falta, caminhei até anoitecer. Parei então para descansar e comi alguma coisa que havia trazido comigo. Não fiquei muito tempo parado e continuei a marcha durante sete dias, evitando todos os locais que me pareciam habitados. Alimentava-me com cocos, pois me forneciam ao mesmo tempo comida e bebida.

"No oitavo dia, cheguei à praia. Logo encontrei brancos, como eu, colhendo pimenta, que lá havia em abundância. Seus afazeres me tranquilizaram, e sem dificuldade me aproximei deles..."

Sherazade não disse mais nada naquela noite, e, na seguinte, continuou com essas palavras:

LXXX Noite

– As pessoas que colhiam pimenta – prosseguiu Simbad –, logo que me viram, perguntaram em árabe quem eu era e de onde vinha. Muito contente de ouvir minha língua, satisfiz com prazer sua curiosidade, contando-lhes como eu naufragara na ilha, caindo na mão dos nativos. 'Mas esses nativos, disseram eles, são canibais! Por que milagre você escapou da crueldade deles?' Contei-lhes o mesmo que acabei de dizer aos senhores e eles ficaram estarrecidos.

"Permanecemos ali até que tivessem acumulado a quantidade de pimenta desejada. Depois disso, me embarcaram no mesmo navio que os havia trazido e fomos até a ilha de onde tinham vindo. Apresentaram-me ao seu rei, que era um bom governante.

Ele teve a paciência de ouvir a narração das minhas aventuras, a qual o surpreendeu. Em seguida, mandou que me dessem roupas novas e que tomassem conta de mim.

"A ilha era muito bem povoada e rica, e se fazia muitos negócios na cidade onde morava o rei. Esse lugar agradável começou a consolar-me de minha desgraça, e a bondade que o generoso governante demonstrava comigo acabou me deixando contente. Com efeito, não havia ninguém mais querido a ele do que eu, e por isso todos procuravam um modo de me agradar. Bem depressa, passei a ser visto como alguém nascido naquela ilha, e não mais como um estrangeiro.

"Uma coisa me pareceu extraordinária: todo mundo, inclusive o rei, montava a cavalo sem rédeas e sem estribos. Um dia, tomei a liberdade de perguntar a Sua Majestade porque ele não se valia dessas comodidades. Ele me respondeu que eu fazia menção a coisas desconhecidas em seu país.

"Fui imediatamente até um carpinteiro e o fiz fabricar, em madeira, uma sela segundo um modelo que lhe forneci. Eu mesmo a estofei com couro e crina, enfeitando-a com bordados de ouro. Depois disso, dirigi-me a um serralheiro, dando-lhe um modelo de freio e outro de estribos para que fabricasse.

"Quando essas coisas ficaram perfeitas, presenteei com elas o rei, e ele as experimentou no seu cavalo. O governante montava muito bem e ficou bastante satisfeito com minha invenção, enchendo-me de presentes. Não pude deixar de fazer numerosas celas para seus ministros e para os principais oficiais do seu palácio. Em contrapartida, me deram ainda mais presentes, e enriqueci em pouco tempo. Fiz celas e arreios também para outras pessoas importantes na cidade, alcançando grande reputação e fama.

"Como eu fazia minha corte ao rei com perfeição, ele me disse um dia: 'Simbad, gosto muito de ti, e sei que todos aqueles que conheço te querem da mesma forma. Tenho um pedido a fazer e espero que me concedas aquilo que vou te pedir.' 'Senhor', respondi eu, 'estou pronto a fazer qualquer coisa para demonstrar minha obediência a Vossa Majestade. Ela tem sobre mim um poder absoluto.' 'Eu quero te casar', replicou o rei, 'a fim de que fiques para sempre em meu país e esqueças tua pátria.' Como não ousei resistir à vontade do governante, ele me deu por esposa uma dama da sua corte, nobre, bela, sábia e rica. Depois da cerimônia de casamento, fui morar com essa mulher e com ela vivi, por algum tempo, numa união perfeita. Ainda assim, não estava contente comigo mesmo. Queria escapar na primeira ocasião e retornar a Bagdá, de onde não me esquecia, por mais vantagens que tivesse.

"Estava dominado por esses sentimentos, quando a mulher de um dos meus vizinhos, com o qual eu tinha estabelecido uma grande amizade, caiu doente e morreu. Fui até a casa dele para consolá-lo. Encontrando-o mergulhado na maior aflição, eu disse: 'Deus o ajude e lhe de uma longa vida'.

'Ah! Como quer que eu obtenha a graça que me deseja? Não tenho mais que uma hora de vida', disse ele. 'Não se deixe levar por uma ideia tão funesta! Espero que nada disso ocorra e que eu possa ainda rever o senhor muitas vezes', insisti. Ele replicou: 'Desejo uma vida longa para você. Quanto a mim, meu destino está traçado, e serei enterrado hoje com minha mulher. Este é o costume estabelecido e guardado inviolavelmente pelos ancestrais dessa ilha: o marido vivo deve ser enterrado com a esposa, quando ela morre, e a esposa com o marido, caso ele venha a morrer. Ninguém pode me salvar, todos se sujeitam a essa lei'.

"No momento em que ele me colocava a par dessa estranha barbárie, cuja crueldade me surpreendeu e assustou, seus parentes, seus amigos e seus vizinhos chegavam em peso para assistir aos funerais. Vestiram o cadáver da mulher com seus trajes mais finos, como no dia do seu casamento, e o enfeitaram com todas as suas joias.

"Colocaram-na, a seguir, num caixão descoberto, e o carregaram em marcha. O marido era o centro do cortejo fúnebre, vindo logo atrás da mulher. Tomou-se o caminho de uma alta montanha. Ao pé dela, removeu-se a pedra que cobria a abertura de um poço profundo. Ali, baixou-se o cadáver, com todas as suas vestes e joias. Depois disso, o marido abraçou seus parentes e amigos, deixando-se colocar num outro caixão, sem resistência. Levava consigo um pote de água e sete pequenos pães. Foi descido no poço da mesma forma que a esposa. A montanha era imensa e, do outro lado, ia dar no mar. O poço era muito fundo. A cerimônia encerrando, colocou-se a pedra de volta sobre a abertura.

"Não preciso lhes dizer, senhores, a tristeza com que testemunhei esses funerais. Todas as demais pessoas lá presentes não pareciam muito tocadas, devido ao hábito de verem sempre a mesma coisa. Não pude deixar de testemunhar ao rei meus sentimentos sobre o assunto: 'Não deixo de espantar-me com esse estranho costume, existente em seu país, de enterrar os vivos com os mortos. Muito viajei e conheci pessoas de diferentes nações, não tendo jamais ouvido falar de algo tão cruel'. 'Que posso fazer, Simbad', disse ele. 'É uma lei respeitada por todos, inclusive por mim. Serei enterrado com a rainha, minha esposa, se ela morrer primeiro.' 'Mas, senhor', continuei, 'posso perguntar a Vossa Majestade se os estrangeiros têm também a obrigação de seguir esse costume?' 'Certamente', sorriu o rei, 'eles não fazem exceção, desde que tenham casado nessa ilha.'

"Retornei tristemente à casa com essa resposta. Refletia mortificado, temendo a possibilidade de minha mulher morrer primeiro e de ser enterrado vivo com ela. No entanto, que podia eu fazer? Tinha de ter paciência e me submeter à vontade de Deus. De qualquer forma, eu tremia diante da menor indisposição que ela tivesse. E... ai de mim! Logo, logo, meu pavor foi completo. Ela ficou realmente doente e morreu em poucos dias."

Sherazade, com essas palavras, pôs fim à história naquela noite. Na seguinte, ela assim retomou o seu fio:

LXXXI Noite

– Imaginem a minha dor – disse Simbad. – Ser enterrado vivo me parecia um fim tão deplorável quanto ser devorado por antropófagos. E era o que estava prestes a me acontecer. O rei, acompanhado por toda a corte, quis honrar com sua presença o cortejo. Também as pessoas mais importantes da cidade fizeram a honra de assistir a meu enterro.

"Quando tudo estava pronto para a cerimônia, colocou-se o corpo da minha mulher, nos seus trajes mais magníficos e com todas as suas joias, num caixão. Começou-se a marcha. Como segundo personagem mais importante da tragédia, eu vinha logo atrás de minha esposa, com os olhos banhados em lágrimas e deplorando meu infeliz destino. Antes de chegar à montanha, quis testar a determinação dos meus espectadores. Dirigi-me primeiro ao rei e depois a todos que me rodeavam, inclinei-me até o chão e beijei a borda de seus mantos, suplicando compaixão: 'Considerem que sou estrangeiro e não deveria ser submetido a uma lei tão rigorosa. Além disso, tenho outra mulher[8] e filhos em meu país'.

---

8. Simbad era maometano e os maometanos tinham muitas mulheres. (N.T.)

Por mais sentimento que eu colocasse em minhas palavras, elas não tocaram ninguém. Pelo contrário, apressaram-se em baixar o corpo de minha mulher no poço e em seguida desceram a mim, num caixão descoberto, com um pote cheio da água e sete pães. Chegando ao fim daquela cerimônia para mim tão funesta, colocaram a pedra de volta sobre a abertura, ignorando o tamanho de meu desespero e meus gritos lamentáveis.

"Ao me aproximar do fundo, descobria, na pouca luz que chegava de cima, o cenário daquele lugar subterrâneo. Era uma gruta bem grande. Podia ter cinquenta côvados de profundidade. Senti logo um fedor insuportável, saído dos cadáveres à minha direita e esquerda. Acreditei mesmo ouvir os suspiros derradeiros daqueles que, por certo, seriam alguns dos últimos a terem descido vivos. De qualquer forma, quando cheguei no chão, saí prontamente do ataúde, afastando-me daqueles corpos e fechando o nariz. Estava totalmente vencido e por muito tempo mergulhei em lágrimas. Fiz a seguinte reflexão: 'É verdade que Deus dispõe de nós segundo os decretos da sua providência, mas, pobre de ti Simbad, não é por tua própria culpa que agora tens de aceitar uma morte tão medonha? Quisera Deus que tivesses perecido em algum dos naufrágios de que escapaste! Naquelas circunstâncias, tua morte não teria sido nem tão lenta, nem tão terrível. Tua própria cobiça te levou a tudo isso. Ah, infeliz! Por que não ficaste em casa, gozando tranquilamente dos frutos do teu trabalho?'

"Fazia ecoar essas inúteis queixas pela gruta, batendo na cabeça e no estômago, de desespero e raiva, e me entregando por inteiro a pensamentos desoladores. Ainda assim (quem diria?), em vez de chamar a morte em meu socorro, por mais miserável que me sentisse, não deixava de amar a vida e queria prolongar meus dias. Fechei o nariz com os dedos, fui tateando pegar o pão e a água que estavam no meu caixão e me alimentei.

"Por mais espessa que fosse a obscuridade reinante na gruta, a ponto de não se poder distinguir o dia da noite, não deixei de encontrar meu caixão. A gruta me pareceu mais ampla e mais cheia de cadáveres do que antes. Durante alguns dias, me mantive com o pão e a água. Por fim, eles acabaram e me preparei para morrer."

Sherazade parou de falar com essa última frase. Na noite seguinte, ela retomou a palavra desse jeito:

LXXXII Noite

– Eu já tinha a morte por certa, quando ouvi levantarem a pedra – disse Simbad. – Desceram um cadáver e uma pessoa viva. O morto era um homem. É natural agir de modo extremado em situações limites. No momento em que baixavam a mulher, aproximei-me do seu caixão e, ao perceber que recobriam a abertura do poço, dei dois ou três grandes golpes na cabeça da infeliz com um osso pesado. Ela ficou aturdida, talvez tenha até morrido com as pancadas. Como só tinha agido daquela maneira inumana para me aproveitar do pão e da água que estavam no caixão, tive provisões para mais alguns dias. Ao final desse tempo, baixaram o cadáver de uma mulher e um homem vivo. Matei-o da mesma maneira. Para minha sorte, parecia estar havendo muitas mortes na cidade. Adotando aquela estratégia, não me faltou do que viver.

"Um dia, depois de apressar a morte de mais uma esposa, escutei um ruído e avancei até o local de onde vinha. Ali, ouvi uma respiração e vi algo que parecia fugir. Segui o vulto, que parava de momento em momento, mas sempre escapava, ofegante, à medida que me aproximava. Persegui-o por muito tempo e fui bem longe, até perceber uma luz parecida com uma estrela. Continuei andando até ela. Às vezes, a perdia de vista, por causa de obstáculos que a escondiam, mas sempre a reencontrava. Por fim, descobri que ela vinha de uma abertura na rocha, grande o suficiente para eu passar.

"Parei por um momento, recuperando-me da emoção violenta com a qual tinha feito minha descoberta. Em seguida, dirigi-me até a abertura e a atravessei, indo parar na beira do mar. Imaginem a minha alegria. Tive dificuldade em tomar a cena por algo real. Depois de me convencer que não estava sonhando, tendo meus sentidos recuperado sua precisão normal, compreendi que a coisa que eu ouvira ofegar era um animal marinho. Ele tinha o costume de entrar na gruta para se alimentar dos cadáveres.

"Examinei a montanha e concluí que ela estava situada entre a cidade e o mar. Mas não os ligava por nenhum caminho visível, porque era muito escarpada. Prosternei-me na praia para agradecer a Deus pela graça alcançada. Voltei à gruta para pegar pão, e fui comê-lo à luz do dia, com um apetite muito melhor do que quando enterrado naquele lugar tenebroso.

"Retornei outra vez para dentro da gruta, recolhendo dos caixões, no escuro, todos os diamantes, rubis, pérolas, braceletes de ouro, enfim, todas as coisas de valor que encontrava. Levei tudo para a praia. Fiz vários fardos com os inúmeros panos e cordas usados para baixar os caixões. Deixei-os ali, na espera de uma boa ocasião, sem medo que a chuva os estragasse, pois estávamos numa estação seca.

"Depois de dois ou três dias, vi um navio que acabava de sair do porto e passava muito perto de onde eu estava. Fiz um sinal com o pano do meu turbante, e gritei com todas as minhas forças a fim de ser ouvido. Me escutaram e enviaram um bote para me buscar. Às perguntas dos marinheiros a respeito da desgraça que me fizera parar ali, respondi ter me salvado de um naufrágio, já há dois dias, com algumas mercadorias. Felizmente, essa gente, sem examinar o lugar onde eu estava e nem a verdade do que eu dizia, se contentou com minhas palavras e me recolheu com meus fardos.

"Quando chegamos a bordo do navio, o capitão, satisfeito consigo mesmo por sua boa ação e ocupado com o comando do navio, também não questionou a história do pretenso naufrágio. Eu quis presenteá-lo com algumas de minhas joias, mas ele não aceitou.

"Passamos por muitas ilhas. Entre elas, pela ilha dos Sinos, distante dez dias da ilha de Serendib[9], quando o vento está calmo e constante, e seis dias da ilha de Kela, onde desembarcamos. Nela há minas de chumbo, cana-da-índia e cânfora de excelente qualidade.

"O rei da ilha de Kela é muito rico e poderoso. Sua autoridade alcança até a ilha dos Sinos, cuja extensão equivale a dois dias de marcha, e cujos bárbaros habitantes ainda comem carne humana. Depois de termos feito muitos negócios nessa ilha, levantamos as velas e partimos, parando em vários outros portos. Enfim, cheguei são e salvo em Bagdá, com riquezas infinitas, impossíveis de detalhar. Para agradecer a Deus pelos favores recebidos, fiz grandes doações, tanto para manutenção de muitas mesquitas quanto para ajudar na sobrevivência de homens pobres. Entreguei-me por inteiro aos parentes e amigos, gastando à larga com eles."

---

9. Conhecida entre nós pelo nome de ilha do Ceilão. (N.T.)

Simbad terminou nesse ponto o relato de sua quarta viagem, a qual causou mais admiração nos ouvintes do que as primeiras. Deu novamente cem cequins de presente a Himbad, a quem pediu, tanto quanto aos outros, para retornar no dia seguinte, na mesma hora, a fim de jantar consigo e ouvir os detalhes de sua quinta viagem. Himbad e os outros convidados pediram licença e se retiraram. No dia seguinte, logo que estavam todos reunidos, sentaram-se à mesa e, ao final da refeição, que não durou menos que as precedentes, Simbad começou, desta maneira, o relato de sua quinta viagem:

Quinta viagem de Simbad, o marujo

— As alegrias – disse ele – tiveram charme suficiente para apagar de minha memória todas as penas sofridas, mas não para dissuadir-me de fazer novas viagens. Assim, adquiri mercadorias, as fiz embalar e carregar em carros, e parti com elas rumo ao porto mais próximo. Lá, para não depender de nenhum capitão e para ter um navio sob meu comando, mandei construir e equipar um conforme meu próprio gosto. Logo que ficou pronto, fiz com que o carregassem. Subi a bordo e, havendo espaço de sobra, recebi vários mercadores de diferentes nações com suas mercadorias.

"Logo que o vento ficou propício, levantamos as velas e ganhamos o alto-mar. Depois de longa navegação, paramos numa ilha deserta, onde encontramos o ovo de um pássaro roc, de tamanho semelhante àquele que anteriormente descrevi. Encerrava um pequeno roc quase eclodindo, cujo bico começava a aparecer..."

Com essas palavras, Sherazade calou-se, porque o dia já se deixava perceber no quarto do sultão da Índia. Na noite seguinte, ela retomou a história.

LXXXIII Noite

Simbad, o marujo, disse, contando sua quinta viagem:

– Os mercadores que iam em meu navio e que tinham desembarcado comigo quebraram o ovo a machadadas. Por uma abertura, tiraram o pequeno roc aos pedaços e o assaram. Eu os tinha advertido seriamente para não tocarem no ovo, mas não quiseram me escutar.

"Mal eles acabavam de se regalar com o manjar e no ar apareceram, muito longe de nós, duas enormes nuvens. O capitão contratado por mim para conduzir o navio, sabendo por experiência o significado daquilo, gritou que eram o pai e a mãe do pequeno roc. Ele implorou que reembarcássemos o mais rápido possível, para evitar a desgraça que previa. Depressa seguimos seu conselho, e levantamos as velas para partir.

"Enquanto isso, os dois rocs se aproximaram e pousaram lançando gritos assustadores, que redobraram quando viram o estado do ovo e perceberam a ausência do filhote. Preparando a vingança, voaram de volta ao local de onde tinham vindo, desaparecendo por algum tempo, enquanto nos esforçávamos por fugir e evitar a fatalidade.

"Retornaram, trazendo, cada um, em suas garras, um enorme rochedo. Quando ficaram precisamente acima do meu navio, pararam, se sustentando em pleno voo, e um deles largou a pedra que trazia. O timoneiro, num único golpe, com grande habilidade, desviou o navio, e ela não nos acertou. Caiu no mar, de lado, levantando tanta água que quase vimos o fundo do oceano. Para nossa infelicidade, o outro pássaro deixou cair sua pedra exatamente no meio do navio, que se rompeu e quebrou em mil pedaços. A carga e os marinheiros foram todos esmagados ou submergidos pelo golpe. Eu mesmo submergi, mas, retornando à superfície, tive a felicidade de me agarrar a um destroço de madeira. Assim, remando ora com um braço ora com o outro, sem nunca me soltar daquilo que me mantinha flutuando, sendo guiado pelo vento e pelas correntes, fui parar numa ilha cuja praia era totalmente escarpada. Superei ainda essa dificuldade e salvei-me.

"Sentei na relva para descansar, antes de avançar pelo interior, a fim de reconhecer o terreno. Pareceu-me estar num jardim de delícias: por todos os lados havia árvores, algumas carregadas de frutos verdes e outras de maduros. Havia também córregos de água doce e clara, movendo-se graciosamente. Comi desses frutos excelentes e bebi daquela água convidativa.

"A noite chegando, adormeci no chão, comodamente. Mas não cheguei a dormir uma hora, pois tinha o sono frequentemente interrompido pelo medo de estar só naquele lugar deserto. Gastei a maior parte da noite me entristecendo e me reprovando da imprudência de ter feito essa última viagem, em vez de ficar em casa. Essas reflexões me levaram tão longe que pensei em pôr fim à vida, mas a luz do dia dissipou meu desespero. Levantei e caminhei entre as árvores, apreensivo.

"Depois de andar um pouco, percebi um ancião, bastante envelhecido. Estava sentado à beira de um riacho. Imaginei que fosse um náufrago, como eu. Me aproximei dele, cumprimentando-o, e ele inclinou levemente a cabeça. Perguntei o que fazia ali. Sem responder, fez sinal para que eu o transportasse nos ombros até o outro lado do rio, onde iria colher frutos.

"Acreditei que ele precisava daquela ajuda, então botei-o nas costas e atravessei o riacho. 'Desça', disse eu, me abaixando para facilitar seu esforço. Mas, em vez de descer (rio sempre que me recordo), esse velho, aparentemente decrépito, passou rapidamente ao redor do meu pescoço as pernas, cuja pele lembrava o couro de uma vaca. Montado sobre meus ombros, ele me apertou com tanta força a garganta, que quase me estrangulou. Apavorado, desmaiei."

Sherazade foi obrigada a se interromper, porque o dia aparecia. Assim ela deu continuidade à história, na noite seguinte:

LXXXIV Noite

– Não obstante meu desmaio – disse Simbad –, o incômodo velhinho continuou agarrado ao meu pescoço. Apenas desapertou um pouco as pernas, para que eu pudesse voltar a mim. Quando recuperei a consciência, apoiou com toda a força um dos pés contra meu estômago e, chutando com o outro um dos meu flancos, obrigou-me a levantar. Estando eu de pé, fez-me marchar sob as árvores, a fim de colher e comer os frutos que encontrássemos. Não me largou nenhuma vez durante o dia, e, quando eu quis repousar, à noite, se estendeu no chão junto comigo, ainda preso ao meu pescoço. Todas as manhãs, ele me acordava, empurrando, depois, fazia com que eu levantasse e caminhasse, apertando-me com os pés. Imaginem, senhores, a raiva que eu sentia ao carregar tal fardo, sem poder dele me livrar.

"Um dia, juntei uma cabaça, dentre as várias que encontrei em meu caminho caídas de uma árvore. Depois de limpá-la, expremi nela o suco de algumas uvas que encontrávamos abundantemente a cada passo. Tendo enchido a cabaça, guardei-a num lugar seguro, ao qual voltei dias depois com o ancião. Peguei-a e bebi dela um excelente vinho, esquecendo por algum tempo a tristeza mortal que me oprimia. O vinho me revigorou. Ao caminhar, pus-me a pular e cantar de alegria.

"O ancião, percebendo o efeito revigorante da bebida sobre mim, fez sinal para que eu lhe desse também dela. Alcancei para ele a cabaça. Achou a bebida muito agradável, tomando até a última gota. Foi mais que o necessário para lhe embriagar. Quando o vinho subiu-lhe à cabeça, começou a cantar à sua maneira e a agitar-se sobre meus ombros. Abalou-se a ponto de vomitar e suas pernas pouco a pouco relaxaram. Vendo que não me prendia mais, joguei-o por terra, onde ficou imóvel. Peguei uma grande pedra e com ela esborrachei-lhe a cabeça.

"Senti uma grande alegria de ter me livrado para sempre daquele maldito velho e caminhei até a praia. Ali, encontrei a tripulação de um navio que acabava de baixar âncora para pegar água na ilha. Ficaram muito espantados de me encontrar e de ouvir os detalhes de minha aventura. 'Você esteve nas mãos do ancião dos mares, e foi o primeiro a não ser estrangulado. Ele só abandonava os homens que prendia depois de os ter sufocado. Essa ilha é famosa pelo número de pessoas assim mortas. Marinheiros e mercadores só ousam avançar nela quando bem acompanhados.'

"Depois de me informarem dessas coisas, me levaram até o seu navio. O capitão foi muito gentil comigo, depois de ouvir o meu relato. Zarpamos e, com alguns dias de viagem, alcançamos o porto de uma grande cidade, onde as casas eram feitas de pedra.

"Um dos mercadores do navio, que se tornara meu amigo, obrigou-me a acompanhá-lo a um local onde os estrangeiros costumavam descansar. Deu-me um grande saco e me apresentou a algumas pessoas da cidade para que fosse com eles colher cocos: 'Vá e faça o que eles fazem. Mas não se afaste deles, pois poderá cair em algum perigo'. Levando algumas provisões, parti com os outros.

"Chegamos a uma floresta com árvores muito altas e retas. Seus troncos eram lisos demais para que se pudesse subir até os galhos onde estavam os frutos. Eram os coqueiros que procurávamos. Ao entrarmos na floresta, vimos muitos macacos, grandes e pequenos. Ele fugiam de nós e escalavam o topo das árvores numa agilidade impressionante..."

Sherazade queria prosseguir, mas o dia aparecia e a impedia. Na noite seguinte, ela retomou a história desta maneira:

LXXXV Noite

– Os mercadores com quem eu estava – continuou Simbad – juntaram pedras e as jogaram com toda a força ao alto das árvores, contra os macacos. Segui seu exemplo e vi que os macacos, por causa da ameaça, colhiam excitados os cocos e os atiravam em nós, com gestos raivosos. Amontoávamos as frutas e, de vez em quando, lançávamos mais pedras para irritar os macacos. Usando essa estratégia, enchemos os sacos, o que seria impossível de outra forma.

"Logo que tínhamos o suficiente, retornamos à cidade, onde o mercador que me enviara à floresta pagou-me pelos cocos que eu havia trazido, dizendo: 'Continue todos os dias a fazer isso, até juntar dinheiro para poder voltar a casa'. Agradeci a ele o bom conselho e sem dificuldade consegui mais cocos do que precisava.

"O navio com o qual eu tinha chegado na ilha já havia zarpado, cheio de cocos, com vários mercadores. Mas logo chegou outro ao porto da cidade para receber a mesma carga. Embarquei nele todo o coco que tinha conseguido e, quando estava prestes a partir, fui despedir-me do mercador a quem devia tantas obrigações. Ele não pôde voltar comigo, pois tinha compromissos pendentes.

"Zarpamos e tomamos a rota de uma ilha onde a pimenta cresce na maior abundância. Dela, fomos à ilha de Comari[10], onde há a melhor espécie de aloés e cujos habitantes se sujeitam a uma lei inviolável de não beber vinho nem se entregar a desregramentos. Troquei meu coco por pimenta e aloés, naquelas ilhas, e fui coletar pérolas, junto com outros mercadores. Contratei mergulhadores e eles me trouxeram muitas, das maiores e mais perfeitas. Com alegria cheguei a Bassora, numa viagem sem percalços. De lá, voltei a Bagdá, onde obtive grandes somas pelas coisas que trazia. Fiz doações da décima parte dos meus ganhos, como das outras

---

10. Essa ilha, ou quase ilha, termina no cabo chamado de Comorin, ou também Comar, ou Comor. (N.T.)

vezes, e procurei distrair-me dos pesares com todo tipo de divertimentos."

Havendo terminado a narração da aventura, Simbad mandou darem cem cequins a Himbad, que se retirou com os outros convidados. No dia seguinte, o mesmo grupo se reuniu junto ao rico marinheiro. Depois de os banquetear, como nos dias precedentes, ele pediu sua atenção, fazendo o relato de sua sexta viagem:

Sexta viagem de Simbad, o marujo

— Senhores – disse Simbad –, sem dúvida estão intrigados com minha resolução de, mais uma vez, apostar com a sorte e buscar novas desgraças, depois de cinco naufrágios e tantos perigos. Fico espantado eu mesmo, quando reflito a respeito. Concluo que era meu destino. Seja como for, depois de um ano descansando, preparei-me para a sexta viagem, malgrado os pedidos de meus parentes e amigos, que fizeram de tudo para me deter.

"Em vez de rumar para o golfo Pérsico, visitei mais uma vez várias cidades na Pérsia e na Índia, chegando a um porto, no qual embarquei num bom navio. O capitão estava decidido a fazer uma longa viagem. Além de longa, ela foi malsucedida. O capitão e o piloto, tendo perdido a rota, não sabiam mais onde estávamos. Enfim, reconheceram nossa posição, mas não foi motivo para que nos alegrássemos. Ficamos espantados ao extremo ao ver o capitão sair de seu posto lançando gritos. Jogou seu turbante no chão, arrancou a barba e batia na cabeça em louco desespero. Perguntamos a ele por que se afligia daquela forma, ao que respondeu: 'Anuncio aos senhores que estamos no lugar mais perigoso de todos os oceanos. Uma corrente muita rápida está levando o navio e vamos todos morrer em menos de quinze minutos. Rezem a Deus para que nos livre do perigo. Só assim poderemos nos salvar'. Tendo dito isso, ele ordenou que se prendessem bem as velas, mas as cordas se romperam na manobra e o navio foi arrastado sem remédio pela corrente até uma montanha muito alta, na qual encalhou. Antes que se destruísse, pudemos nos salvar, desembarcando conosco nossas provisões e as mercadorias de maior valor.

"Tendo feito isso, nos disse o capitão: 'Deus fez conosco o que quis. Podemos cavar aqui nossas covas e dar nosso último adeus. Dos que foram jogados aqui, nenhum voltou para contar história, tão funesto é este lugar'. Ficamos todos numa aflição mortal e nos abraçamos chorando, deplorando nossa sorte.

"A montanha estava colada a uma ilha muito longa e vasta. Nela, acumulavam-se destroços de navios naufragados e uma infinidade de ossadas. Ficamos horrorizados diante de tanta perda. Parecia inacreditável a quantidade de mercadorias e de riquezas espalhadas. Esses objetos apenas aumentavam nossa desolação. Contrariamente ao que ocorre em todos os outros lugares, um grande rio que por ali havia não desaguava no mar, mas se afastava dele, penetrando numa gruta misteriosa. A abóbada da gruta era muito alta e larga, feita de cristal, rubi e outras pedras preciosas. Havia também, na ilha, uma fonte de uma espécie de betume que escoava no mar. Os peixes se alimentavam dela, transformando o betume num âmbar acinzentado, lançado pelas ondas na areia da praia. Por toda a parte, cresciam ainda muitas árvores e plantas, entre elas um aloés de excelente qualidade.

"Esse lugar poderia ser chamado de abismo, pois nada retornava dali. Depois de uma certa distância, os navios que se aproximassem eram tragados por sua voragem. Se chegavam impelidos por ventos vindos do mar, iam perder-se diretamente ali. Mesmo surgindo num momento em que o vento soprasse da terra, esse não lhes seria útil, por causa da altura da montanha. A calmaria resultante deixaria agir a corrente, e ela os lançaria igualmente na costa, encalhando-os, como acontecera conosco. Além disso, era impossível escalar a montanha e fugir por algum outro lado.

"Permanecemos na praia, catatônicos, esperando pela morte todos os dias. Dividimos igualmente nossas provisões. O tempo de vida de cada um iria depender, assim, do seu temperamento e do uso que fizesse de seus mantimentos."

Sherazade calou-se, vendo que o dia aparecia. Na noite seguinte, ela continuou a contar a sexta viagem de Simbad:

LXXXVI Noite

– Os primeiros a morrerem – continuou Simbad – foram enterrados pelos outros. Acabei rendendo os últimos favores a todos os meus companheiros. Não poderia ter sido diferente, porque além de fazer um uso mais diligente das minhas provisões, guardei comigo alguns mantimentos que não submeti à partilha. Em todo o caso, depois de enterrar o último dos meus amigos, restou-me tão pouco que julguei não poder ir muito além. Cavei minha própria tumba e resolvi deitar-me nela, pois não haveria ninguém para me enterrar. Não pude deixar de admitir que eu mesmo causara minha desgraça e de me arrepender por haver feito aquela última viagem. Pouco tempo fiquei refletindo. Sangrei os pulsos a dentadas, precipitando minha morte.

"Mas Deus teve, mais uma vez, piedade de mim, inspirando-me a ideia de ir até aquele rio que se perdia na gruta. Depois de examinar seu leito atentamente, disse comigo mesmo: 'Esse rio que se encaminha assim para ocultar-se debaixo da terra deve reaparecer em algum lugar. Construindo uma jangada e me abandonando à sua corrente, chegarei numa terra habitada ou morrerei. Se morrer, apenas mudo o tipo de morte. Mas, saindo num outro lugar, terei a chance não apenas de evitar o triste destino de meus camaradas: talvez até conquiste novas riquezas. Quem sabe a sorte não me espera à saída desse pavoroso recife, me recompensando proveitosamente do naufrágio?'

"Depois de pensar assim, não hesitei em construir a jangada. Usei bons pedaços de madeira e cordas, que tinham sobrando. Amarrei tudo com muita força, para a construção ficar bem resistente. Quando acabei, carreguei-a com sacos de rubis, esmeraldas, âmbar, cristal e outras coisas de valor. Dispondo tudo de forma equilibrada na jangada e prendendo os fardos com segurança, embarquei junto com dois remos. Deixei-me ir conforme a corrente, abandonando-me à vontade de Deus.

"Assim que passei pela abóbada da gruta, fiquei totalmente no escuro, não podendo ver para onde me arrastava o curso do rio. Errei vários dias naquela obscuridade, sem enxergar um único raio de luz. O teto às vezes ficava tão baixo que quase me acertava a cabeça, obrigando-me a prestar mais atenção. Só comia o necessário para minha sobrevivência, mas por muito comedido que fosse, minhas provisões acabaram. Não pude evitar o doce sono que me entorpeceu os sentidos. Não sei por quanto tempo dormi. Ao acordar, surpreendi-me numa vasta campanha, à beira de um riacho, onde minha jangada estava amarrada. Me vi diante de uma multidão de negros. Levantei-me e saudei-os. Eles me dirigiram a palavra, mas não compreendia sua língua.

"Fiquei fora de mim de felicidade. Tudo parecia um sonho. Convencido de que estava realmente acordado, exclamei esses versos árabes: *Invoque a*

Onipotência, ela te socorrerá: não perca tempo com bobagens. Feche os olhos e, enquanto dormires, Deus mudará a má sorte em boa.

"Um dos negros sabia árabe. Ele veio até mim e disse: 'Meu amigo, não fique assustado conosco. Habitamos esta campanha. Estamos aqui hoje para irrigar, por meio de canais, nossas plantações com a água desse rio que sai da montanha vizinha. De longe, percebemos que a corrente trazia qualquer coisa, e rápido corremos para ver o que era, encontrando sua jangada. Um de nós mergulhou na água e a trouxe para margem. Prendemos ela aqui, como pôde observar, e esperamos você acordar. Suplico que nos conte sua história, ela deve ser extraordinária. Diga-nos como veio arriscar-se por aqui e de onde saiu'. Pedi para me darem algo de comer e depois disso satisfiz sua curiosidade.

"Eles me deram muitos tipos de comida e, depois de matar a fome, contei-lhes os detalhes da minha aventura. Pareceram admirados do meu relato e disseram por intermédio do seu intérprete: 'Eis uma história bem surpreendente. Você mesmo deve contá-la ao nosso rei: a coisa toda é muito extraordinária, e ele deve ouvi-la da boca de quem a viveu'. Repliquei que estava pronto para fazer o que me pediam.

"Os negros mandaram buscar um cavalo, que logo chegou. Fizeram com que eu montasse nele. Alguns caminhavam à minha frente, me mostrando o caminho, enquanto outros, mais robustos, vinham atrás, carregando nos ombros a jangada, com toda a sua carga.

Com essas palavras, Sherazade se interrompeu, pois o dia aparecia. No fim da noite seguinte, ela retomou a história e contou o seguinte:

LXXXVII Noite

– Caminhamos todos juntos – continuou Simbad – até a cidade de Serendib: esse era também o nome da ilha. Os negros me apresentaram a seu rei. Aproximei-me do trono onde ele estava sentado, e o saudei conforme o costume indiano, prosternando-me a seus pés e beijando o chão. Ele me fez levantar e, com um ar obsequioso, pediu que eu avançasse e tomasse um lugar junto a ele. Antes de mais nada, perguntou meu nome. Respondi me chamar Simbad, o marujo, por causa das várias viagens que havia feito no mar. Disse, também, que era de Bagdá, ao que ele perguntou: 'Mas como vieste parar em meu país?'

"Nada escondi ao rei, contando-lhe tudo, como contei a vocês. Ficou tão surpreso e seduzido pela história que ordenou que escrevessem minha aventura em letras de ouro, a fim de guardá-la nos arquivos do palácio. Trouxeram em seguida a jangada e abriram os fardos na sua presença. Ele admirou a quantidade de aloés e de âmbar, sem falar nos rubis e nas esmeraldas, muito superiores aos do seu tesouro.

"Vendo que estava encantado com minhas pedras, e examinava as mais singulares uma depois da outra, curvei-me e disse: 'Senhor, tanto minha pessoa quanto os bens que trago estão à disposição de Vossa Majestade. Suplico que disponha deles como se fossem seus'. Ele respondeu, sorrindo: 'Simbad, evitarei sentir qualquer inveja e não vou tirar-te nada daquilo que Deus te deu. Longe de diminuir tuas riquezas, pretendo aumentá-las, e não quero ver-te sair de meu país sem levar contigo provas da minha generosidade'. Respondi a essas palavras fazendo votos à prosperidade do governante e louvando sua bondade. Ele encarregou um de seus ministros de zelar por mim e cedeu-me criados. O ministro seguiu fielmente suas ordens, e fez transportarem ao lugar onde me hospedou toda a carga que eu trouxera na jangada.

"Todos os dias, em certa hora, eu ia fazer minha corte ao rei. O resto do tempo eu passeava pela cidade, observando o que havia de mais digno.

"A ilha de Serendib está situada justamente na linha equinoxial[11]. Assim, lá os dias e as noites têm sempre doze horas. Ela tem oitenta parassangas[12] de comprimento e tanto mais de largura. A capital se

---

11. Segundo os geógrafos, ela está na primeira região aquém da linha.
12. As parassangas têm, segundo os geógrafos orientais, pouco mais de uma légua. (N.T.)

situa à extremidade de um belo vale, formado por uma montanha no meio da ilha, talvez a mais alta do mundo. Com efeito, a três dias de navegação, é possível enxergar seu cume. Nela se encontram rubis e muitas outras pedras preciosas. Os rochedos são, na maior parte, de esmeril, uma pedra metálica usada para talhar joias. Na ilha se encontram também muitos tipos de árvores e plantas raras, sobretudo o cedro e o coqueiro. Coletam-se pérolas nas praias e na foz dos rios, e em alguns vales pode-se conseguir diamantes. Fiz também, por devoção, uma viagem à montanha, ao lugar onde Adão teria sido abandonado depois de expulso do paraíso, e tive a curiosidade de escalar até o cume.

"Logo que retornei à cidade, supliquei ao rei para voltar ao meu país. Ele me concedeu o pedido de uma maneira muito afável e honrada. Obrigou-me também a aceitar um valioso presente, tirado do seu tesouro. Quando fui despedir-me dele, deu-me outro ainda mais considerável, junto com uma carta destinada ao Comendador dos Crentes, nosso soberano: 'Encarrego-te de levar, de minha parte, esse presente e essa carta ao califa Haroun al-Rachid, e de assegurá-lo de minha amizade'. Peguei o presente e a carta com respeito, prometendo ao rei cumprir com exatidão as ordens com as quais ele me honrava. Antes do embarque, o governante mandou chamar o capitão e os outros mercadores que iriam viajar comigo, ordenando que tivessem por mim a maior consideração.

"A carta do rei de Serendib estava escrita sobre a pele de um animal muito precioso e raro, de cor amarelada. As letras eram azuis e ela dizia o seguinte, em indiano:

Do rei da Índia, diante de quem marcham mil elefantes, que mora num palácio cuja cobertura brilha com o esplendor de cem mil rubis, que tem em seu tesouro vinte mil coroas cravejadas de diamantes, ao califa Haroun al-Rachid:

Mesmo que o presente que vos enviamos não valha muito, não deixeis de aceitá-lo, enquanto irmão e amigo, considerando a amizade que conservamos por vós em nosso coração, e que temos a alegria de vos testemunhar. Pedimos a vós o mesmo espaço no vosso, o que esperamos poder merecer, já que somos ambos da mesma categoria. É o que suplicamos na qualidade de irmãos. Adeus.

"O presente era um vaso, feito de um único rubi, oco e do formato de uma taça, com meio pé de altura e um dedo de espessura, cheio de pérolas muito redondas, pesando cada uma meia dracma. Também fazia parte do presente uma pele de serpente, de escamas do tamanho de moedas de ouro, capaz de prevenir doenças naqueles que dormiam sobre ela. Havia ainda cinquenta mil dracmas do aloés mais raro e trinta grãos de cânfora do tamanho de um pistache. Para finalizar, tudo vinha acompanhado de uma linda escrava, cujas vestes estavam cobertas de joias.

"Levantamos âncora e, depois de uma navegação longa e exitosa, chegamos a Bassora, de onde voltei para Bagdá. A primeira coisa que fiz foi desincumbir-me de minha missão..."

Sherazade não disse mais nada, porque o dia se fazia visível. Na noite seguinte, assim retomou seu discurso:

LXXXVIII Noite

— Tomei a carta do rei de Serendib – continuou Simbad – e apresentei-me no palácio do Comendador dos Crentes, acompanhado da bela escrava e de parentes meus que levavam os presentes. Na entrada, disse o motivo por que viera, e em seguida me conduziram a seu trono. Prosternei-me, reverente, e, depois de explicar rapidamente a que vinha, dei a ele o presente e a carta. Quando leu aquilo que tinha escrito o rei de Serendib, perguntou-me se esse rei era assim tão poderoso e tão rico. Curvei-me uma segunda vez e, levantando, disse: 'Comendador dos Crentes, posso assegurar a Vossa Majestade não haver exagero no que ele conta de suas riquezas e magnanimidade. Sou testemunha. Nada provoca mais admiração do que a imponência de seu palácio. Se ele quer aparecer em público, preparam-lhe um trono sobre um elefante, no qual é conduzido entre duas filas compostas por seus ministros, seus favoritos e outras pessoas de sua corte. Sentado à sua frente, também sobre o elefante, um oficial segura uma lança de ouro. Atrás do trono, outro oficial se equilibra de pé, levando uma coluna de ouro, no alto da qual há uma esmeralda de meio pé de comprimento e da largura de um polegar. O rei é precedido de uma guarda de mil homens vestidos de ouro e seda e montados igualmente em elefantes ricamente ornados. Enquanto o rei avança, o oficial à sua frente grita, de tempos em tempos: *Eis o grande monarca, o poderoso e temível sultão da Índia, cujo palácio é coberto por cem mil rubis, e que possui vinte mil coroas de diamantes! Eis o monarca coroado, maior que o grande Salomão e o grande Mihrage.* Depois que ele pronuncia essas palavras, grita por sua vez o oficial que vem atrás do trono: *Este monarca tão grande e tão poderoso deve morrer, deve morrer, deve morrer.* Ao que responde novamente o da frente: *Louvado seja aquele que vive e nunca morre.* Além disso, o rei Serendib é tão justo que não existem juízes em nenhuma parte do seu país: seu povo não tem necessidade disso. Todos conhecem e seguem por si mesmos a justiça com exatidão, não se afastando nunca de seus deveres. Dessa forma, os tribunais e os magistrados são inúteis entre eles'.

"O califa ficou muito satisfeito com meu discurso e disse: 'A sabedoria desse rei se faz ver em sua carta e, depois do que me dizes, deve-se admitir que sua sabedoria é digna de seu povo, e seu povo digno dela'. Àquelas palavras, ele se despediu e me dispensou com um presente valioso.

Simbad calou-se nesse momento, e seus convidados se retiraram, mas antes Himbad recebeu seus cem cequins. No dia seguinte, todos voltaram à casa do marinheiro, que contou-lhes sua sétima e última viagem com essas palavras:

Sétima viagem de Simbad, o marujo

— Retornando de minha sexta viagem, abandonei por completo a ideia de empreender outras. Estava numa idade mais propícia ao repouso e prometi não expor-me aos perigos já conhecidos. Desejava apenas passar o resto de minha vida em tranquilidade. Um dia, quando dava um banquete, fui avisado da presença de um oficial do califa perguntando por mim. Saí da mesa e me dirigi até ele, que disse: 'O califa encarregou-me de chamá-lo à sua presença'. Segui-o até o palácio e ele me levou diante do governante, a quem saudei, prosternando-me. Disse o califa: 'Simbad, preciso de um favor teu. Tens de levar minha resposta e meus presentes ao rei de Serendib, pois é justo retribuir à gentileza que ele me fez'.

"A ordem do califa foi como um raio caindo em minha cabeça, e eu lhe respondi: 'Comendador dos Crentes, estou pronto a executar tudo o que me ordena Vossa Majestade. Mas suplico com humildade que imagine o quanto estou enfadado das incríveis penas por que passei. Cheguei a fazer votos de jamais deixar Bagdá'. Fiz um longo relato de todas as minhas aventuras, e ele escutou-o com paciência até o fim. Quando acabei de falar, ele disse: 'Concordo que foram eventos bem extraordinários. No entanto, não deveriam impedir-te de fazer, por amor a mim, a viagem proposta. Trata-se apenas de ir até Serendib cumprir a missão que te dei. Depois disso, poderás voltar. Mas é importante que vás: não seria decente nem digno demonstrar ingratidão ao rei daquela ilha'. Entendendo que o califa não iria desobrigar-me do pedido, disse-lhe que estava pronto a obedecer. Ele ficou muito contente e ordenou que me dessem mil cequins para custear minha viagem.

"Em poucos dias estava pronto para partir. Logo que me entregaram os presentes do califa com uma carta de seu próprio punho, segui para Bassora, onde embarquei. Minha viagem foi muito feliz e cheguei à ilha de Serendib. Lá, expus aos ministros a missão da qual estava encarregado e roguei-lhes uma audiência com o rei sem demora. Conduziram-me imediatamente ao palácio, com todas as honras. Saudei o rei e me prosternei conforme o costume.

"O governante me reconheceu logo, demonstrando uma singular alegria ao rever-me. 'Ah! Simbad, seja bem-vindo! Juro ter sonhado contigo frequentemente depois que partiste. Abençoo o dia do nosso reencontro'. Cumprimentei-o e, depois de agradecer por sua consideração, entreguei a ele a carta e o presente do califa. Ele os recebeu com grande satisfação.

"O califa enviou para ele um leito com lençóis de ouro, do valor de mil cequins, cinquenta vestidos de tecidos raros, cem outros de linho branco, do mais fino, provenientes do Cairo, de Suez[13], de Cufa[14] e de Alexandria. Deu-lhe também mais dois leitos, um deles carmesim, e um vaso de ágata mais largo que fundo, com um dedo de espessura e abertura de meio pé, em cujo fundo havia o baixo-relevo de um homem de joelhos segurando um arco e uma flecha e mirando contra um leão. Por fim, mandou-lhe uma mesa muito ornada, que a tradição dizia ter pertencido a Salomão. Sua carta dizia o seguinte:

Saúde, em nome do soberano guia do verdadeiro caminho, ao poderoso e feliz sultão, da parte de Abdalá Haroun al-Rachid, colocado por Deus num lugar de honra, seguindo ancestrais de feliz memória.

Recebemos vossa carta com muita alegria e vos enviamos essa, emanada dos conselhos de nossa Corte, jardim de espíritos superiores. Esperamos que, por meio dela, reconheçais nossa boa intenção, e que ela vos seja agradável. Adeus.

"O rei de Serendib teve um grande prazer vendo a resposta do califa à sua amizade. Pouco tempo depois dessa audiência, solicitei outra para minha despedida. Não sem dificuldade, por fim, a obtive, e o rei, despedindo-se, deu-me um presente muito valioso. Reembarquei em seguida, planejando voltar

---

13. Porto do mar Vermelho. (N.T.)
14. Cidade da Arábia. (N.T.)

a Bagdá. Mas Deus não dispôs a viagem conforme eu desejava.

"Depois de três ou quatro dias de navegação, fomos atacados por piratas, que facilmente tomaram nosso navio, pois estávamos sem defesa. Alguns da tripulação quiseram resistir e acabaram morrendo. Aqueles que, como eu, prudentemente não se opuseram aos planos dos corsários foram escravizados."

O dia impôs silêncio a Sherazade. Na noite seguinte, ela retomou a história.

LXXXIX Noite

Senhor, disse ela ao sultão da Índia, assim prosseguiu Simbad, contando as aventuras de sua última viagem:

– Privados de todos os nossos bens, inclusive de nossas roupas, fomos obrigados a nos vestir com os trapos que os piratas nos deram. Eles nos levaram a uma grande ilha, bem longe dali, e nos venderam como escravos.

"Caí nas mãos de um rico mercador. Ele logo levou-me para sua casa, dando-me de comer e vestindo-me mais apropriadamente. Depois de alguns dias, como nada sabia a meu respeito, perguntou qual era o meu ofício. Respondi, sem entrar em maiores detalhes, que não era um artesão, mas sim um mercador, e fora roubado pelos piratas que tinham me vendido a ele. 'Mas responda', disse ele, 'sabe manejar um arco e flecha?' Expliquei-lhe que esse fora um dos exercícios da minha juventude, sempre guardado na memória. Ele me deu um arco e flechas e fez com que eu montasse atrás de si num elefante. Fomos até uma floresta muito extensa, algumas horas distante da cidade. Depois de avançarmos dentro dela, ele me fez descer, mostrando-me uma árvore: 'Suba até o alto dela e atire nos elefantes que enxergar. Há muitos deles nessa floresta. Se atingir algum, me avise'. Tendo dito isso, ele deixou-me provisões e retornou até a cidade. Fiquei à espreita na árvore durante toda a noite.

"Em todo esse tempo, não percebi nenhum elefante. Mas, na manhã seguinte, muitos apareceram. Atirei várias flechas e, por fim, um tombou. Os outros fugiram, me deixando à vontade para avisar meu patrão. Ouvindo a notícia, ele me ofereceu uma refeição excelente, louvou minha habilidade e me abraçou. Fomos juntos à floresta e cavamos uma tumba para o elefante que eu tinha morto. Meu patrão planejava voltar ali, quando o animal tivesse apodrecido, para levar seus dentes.

"Continuei caçando elefantes durante dois meses, e todos os dias matava um. Nem sempre subia na mesma árvore. Uma manhã, esperando a chegada dos animais, percebi muito espantado que, em vez de passarem por mim, atravessando a floresta, como sempre faziam, eles se detinham, vindo até onde eu estava. Faziam um barulho tão horrível e estavam em tão grande número que a terra toda tremia. Cercaram minha árvore, gritando com as trombas estendidas e os olhos cravados em mim. Diante desse espetáculo apavorante, fiquei imóvel, tomado de tanto medo que deixei cair meu arco e minhas flechas.

"Meu temor não era infundado. Depois de me encararem por algum tempo, o mais forte deles abraçou a árvore com sua tromba, e fez um esforço tão grande que arrancou-a com raiz e tudo, lançando-a no chão. Caí junto com ela. O animal agarrou então a mim, e colocou-me sobre o seu dorso, mais morto do que vivo. Ele tomou a dianteira e todos os outros o seguiram, até chegarmos a um local onde ele me depôs no chão. Em seguida, desapareceram. Concebam, se conseguirem, meu estado: não sabia se dormia ou se estava acordado. Depois de algum tempo estendido no chão, completamente só, me levantei e me vi numa extensa colina, coberta de ossadas e de dentes de elefantes. Fiquei refletindo infinitamente, admirado do instinto daqueles animais. Tinham me levado ao seu cemitério, a fim de que eu deixasse de os perseguir, pois só me interessavam seus dentes. Dirigi-me para a cidade e marchei um dia e uma noite até chegar à casa de meu patrão. Não vi nenhum elefante durante a jornada e entendi que tinham se afastado de propósito, deixando o caminho livre para a colina.

"Logo que me viu, meu patrão disse: 'Ah, pobre Simbad! Eu sofria ao imaginar o que podia ter acontecido. Fui até a floresta e encontrei uma árvore recém-arrancada e, ao lado, um arco e flechas. Depois de procurá-lo em vão, pensei que tivesse morrido. Conte-me, por favor, que foi que ocorreu? Por que felicidade ainda vive?' Contei tudo a ele. No dia seguinte, fomos até a colina, onde ele reconheceu, alegre, a verdade do que eu dizia. Carregamos o elefante que nos havia trazido com tudo o que ele podia suportar de dentes. Na volta, meu patrão disse: 'Amigo (porque não quero mais lhe chamar de escravo, depois do prazer que me deu descobrindo essa fortuna), Deus o cubra de muitos bens e prosperidade. Diante dele, concedo sua liberdade. Eu escondia de você o seguinte: os elefantes dessa floresta matavam a cada ano uma infinidade de escravos enviados para pegar marfim. Por mais que os aconselhássemos, eles acabavam perdendo a vida por causa da astúcia desses animais. Deus o livrou da fúria deles, dando um sinal de que o estima, e de que precisa de você no mundo para promover o bem. Você me deu uma vantagem incrível: até então só podíamos encontrar marfim arriscando a vida de nossos escravos, e eis que por sua mão nossa cidade ficou rica! Não pense que pretendo tê-lo recompensado o suficiente dando-lhe a liberdade: a ela quero juntar outros bens consideráveis. Para isso, podia contar com a ajuda de toda a cidade, mas quero ter a glória de fazê-lo sozinho'.

"A esse discurso afável, eu respondi: 'Patrão, Deus lhe conserve! A liberdade é suficiente. Como recompensa pelo serviço que tive a felicidade de prestar, ao senhor e a sua cidade, peço apenas a permissão para retornar ao meu país'. 'Pois bem', respondeu ele, 'logo virão com a monção[15] navios para buscar o marfim. Vou embarcá-lo num deles, com o necessário para voltar a casa.' Agradeci novamente a liberdade e suas boas intenções. Esperamos a chegada da monção e, enquanto isso, fizemos tantas viagens à colina que enchemos de marfim seus depósitos. Todos os mercadores da cidade fizeram o mesmo, pois não escondemos a novidade."

Com essas palavras, Sherazade, percebendo o primeiro raio de sol, calou-se. Continuou a história na noite seguinte, dizendo ao sultão da Índia:

XC Noite

Senhor, assim prosseguiu Simbad o relato de sua sétima viagem:

– Os navios chegaram enfim. Meu patrão, escolhendo ele mesmo aquele que eu devia tomar, carregou-o com marfim em meu nome. Também não esqueceu de embarcar provisões em abundância para minha viagem, e fez questão que eu aceitasse

---

15. Esse termo é muito utilizado na navegação na Índia, significando um vento regular que sopra por seis meses do Oriente ao Ocidente e por seis meses do Ocidente ao Oriente. (N.T.)

presentes preciosos, típicos do seu país. Depois de agradecer muito por tudo que ele estava fazendo por mim, embarquei. Zarpamos e, durante toda a viagem, recordei a aventura extraordinária com a qual recuperara minha liberdade.

"Descemos em algumas ilhas para descansar e nos abastecer com mais provisões. O navio que eu tinha tomado era originário de uma cidade da Índia, e para lá retornou. Querendo evitar os perigos de outra navegação até Bassora, fiz desembarcar todo o meu marfim, tomando a resolução de continuar minha viagem em terra firme. Vendi-o por uma grande soma e comprei coisas raras para levar de presente, juntando-me a uma caravana de mercadores. A viagem demorou bastante e foi sofrida. Tive paciência, em todo caso, ao refletir estar livre de tempestades marítimas, de piratas, de serpentes e de todos os outros perigos que eu muito bem conhecia.

"O sofrimento terminou, por fim: cheguei são e salvo a Bagdá. Fui imediatamente me apresentar ao califa para prestar-lhe contas da minha embaixada. Ele disse que a demora de minha viagem o deixara inquieto, mas não deixou nunca de acreditar que Deus estava comigo. Quando lhe contei sobre a aventura com os elefantes, pareceu muito surpreso. Se já não conhecesse minha sinceridade, nem teria acreditado. Considerou essa história e as outras que lhe contei tão curiosas que encarregou um de seus secretários de escrevê-las em letras de ouro, a fim de serem guardadas no tesouro. Saí do palácio muito contente com a honra e os presentes recebidos.

Depois, entreguei-me por completo a minha família, a meus parentes e a meus amigos."

Foi assim que Simbad terminou o relato de sua sétima e última viagem. Em seguida, dirigiu-se a Himbad, dizendo: "Pois bem, meu amigo! Conheces algum mortal que tenha sofrido tanto quanto eu ou passado por situações tão difíceis? Não é justo que, depois de tanto trabalho, eu goze de uma vida agradável e tranquila?" Depois que ele calou-se, Himbad aproximou-se dele e disse, beijando sua mão: "Preciso admitir, o senhor aguentou pavorosos perigos. Minhas penas não chegam perto das suas. Se elas me afligem no momento que as sofro, não deixam de me trazer algum proveito mais tarde. O senhor merece não apenas uma vida tranquila, mas é digno de todos os seus bens, pois faz deles um uso excelente e é muito generoso. Continue, assim, vivendo na alegria até a hora da sua morte".

Simbad ordenou que dessem ainda a Himbad cem cequins. Acolheu-o entre os seus amigos e pediu que abandonasse a profissão de carregador e que continuasse comparecendo aos banquetes. Assim, ele se lembraria por toda a vida de Simbad, o marujo.

Sherazade, vendo que ainda não era dia, continuou a falar, começando uma nova história.

Agatha Christie®

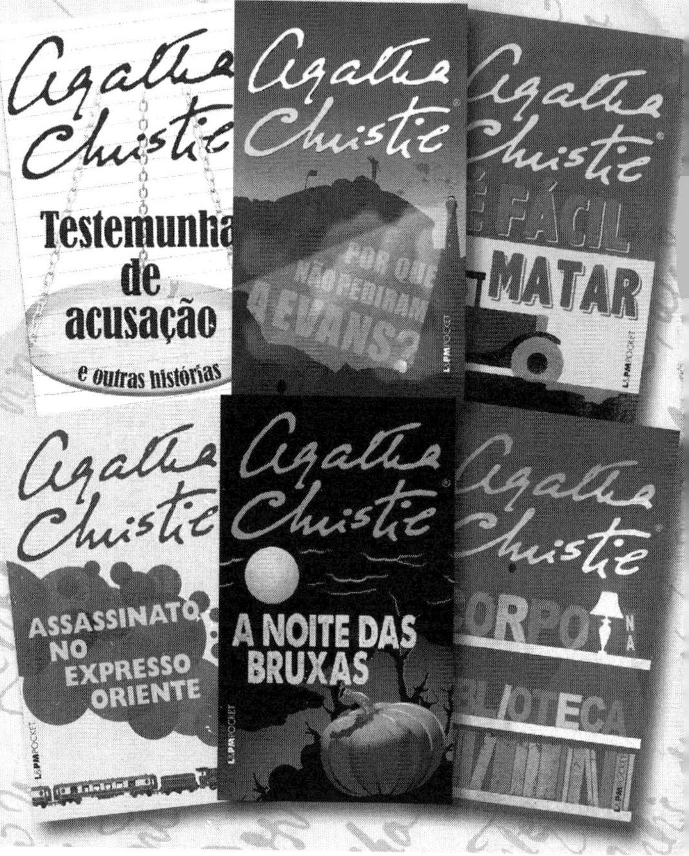

L&PMPOCKET

Tommy & Tuppence

Agatha Christie

- SÓCIOS NO CRIME
- M OU N?
- UM PRESSENTIMENTO FUNESTO
- PORTAL DO DESTINO

L&PMPOCKET

L&PM POCKET MANGÁ

- Mitsuru Adachi — Aventuras de menino
- Inio Asano — Solanin 1
- Inio Asano — Solanin 2
- Mohiro Kitoh — Fim de verão

- SHAKESPEARE — HAMLET
- SIGMUND FREUD — A INTERPRETAÇÃO DOS SONHOS
- F. SCOTT FITZGERALD — O GRANDE GATSBY
- FIÓDOR DOSTOIÉVSKI — OS IRMÃOS KARAMÁZOV
- MARCEL PROUST — EM BUSCA DO TEMPO PERDIDO
- MARX & ENGELS — MANIFESTO DO PARTIDO COMUNISTA
- FRANZ KAFKA — A METAMORFOSE
- JEAN-JACQUES ROUSSEAU — O CONTRATO SOCIAL
- SUN TZU — A ARTE DA GUERRA
- F. NIETZSCHE — ASSIM FALOU ZARATUSTRA

Impresso no Brasil
2015